만인보

사막에서는 어떤 높은 곳보다 훨씬 더 별이 인간의 이웃이 된다.

큰 명제에 대한 시대적 일탈이 여기저기서 눈여겨지는 때에 시와 시인이란 어떤 존재인가라는 질문이 있어야겠다. 그것은 근원적인 것이기도 하지만 뜨겁게 현실적이기도 하다.

그런데 이런 질문을 접어두고 나서 나는 그런 이념의 혐의와 상관없이 먼저 인간의 문제를 생각하게 되었다.

그래서 자연이나 사회·역사·문명 전반에 대한 통합적 인식이 인간의 문제로 귀결되는 사실에 새삼 눈떠야 했다. 인간의 실존적 정화 내지 승화만이 이제까지 쌓아온 모든 고비들을 넘기는 일의 시작이라는 것도 거기에 포함된다.

오늘날처럼 인간이나 인간적인 여러 사상(事象)에서 카타르시스 없는 상태가 넘쳐나고 있는 때도 없지 않은가.

그래서 나는 '시적 인간'에의 대망을 뜻한다. 그것은 시인이라는 존재와는 또다른 앞으로의 인간적 기본 모델이기도 하다.

그다음에야 시와 시인의 의미 부여도 이제까지의 시학에 집착하지 않는 자유를 구사할 수 있으리라.

세상에 어디 '시적 인간'의 가능성이 그 싹수마저 보이고 있느냐라고 고개를 젓지 말기 바란다. 바로 이런 판에서 시인보다 먼저 시적 인간이 저벅저벅 걸어오는 소리를 들을 수 있는 것인지 모를 일이므로.

다만 그런 인간에게서 메시아적이기보다 연인적이기까지 한 친화를 경험하는 것이 창조의 축복과도 닿아 있을 터이다.

지난 6년 동안의 『만인보』 공백은 그 일을 이어가야 하는 사람에게는 시적 제1인칭을 어느정도 이겨내는 데에는 도움이 되었다.

왜냐하면 『만인보』 속의 등장인물들의 선택이나 누락에 관련해서 될 수 있는 한 주관주의에 떨어질지도 모를 그런 함정이 가정될 수 있기 때문이다.

더욱이 이번 10, 11, 12권의 내용은 70년대의 임의적(任意的)인 부분이어서 그것의 현재성에는 시간의 여과가 그만큼 모자라지 않은가.

이 세 권 말고도 70년대의 갖가지 초상들은 바로 잇대어질 것이다. 아무튼 이 전작시를 문학으로 읽으나 시대로 읽으나 그것을 나는 개의치 않겠다. 다만 70년대의 사람을 우선 70년대만으로 그리지 않을 수 없었다.

아직 손대지 않은 50년대 동족상잔이라는 역사적 실패의 전란이나 60년대 삶의 전기간을 건너뛴 것은 『만인보』의 일이 너무 연대기적인 단계를 지킨다는 인상을 모면하기 위해서이기도 하다.

1989년 제9권까지 낸 뒤 그동안 이것에 대해서 손을 뗀 처지로 지낸 것은 다른 일에 매달렸다는 변명도 없지 않지만 이런 종류의 일은 늦을수록 좋다고 믿기 때문이기도 하다.

그렇다면 시대의 질풍노도까지도 실컷 삭혀버려야 할 대상인지 모른다. 그러나 내년부터는 『만인보』의 일이 해를 거르는 일은 거의 없을 터이다.

옛날 북방 여진족의 금나라에는 한뿌리에서 나온 두 송이 연꽃에 대한 전설이 있다. 한쌍의 젊은 남녀가 사랑을 서약했는데도 세상이 그들을 용납하지 않자 그들은 연못에 몸을 던짐으로써 사랑을 그렇게밖에 완성할 수 없었다.

그해 연꽃이 만발했는데 모두 한뿌리에서 나온 두 송이 연꽃이었다. 그때부터 금나라에서는 연꽃을 사랑의 꽃으로 여기게 되었다.

연꽃을 청정세계의 뜻으로 삼는 불교나 비련과 관련된 뜻으로 하고 있는 금나라 전설의 그것 말고도 그 꽃을 전혀 다른 대상으로 볼 수 있는 영역이 드넓다.

『만인보』는 나 하나의 일이 아니라 이처럼 여러 곳의 정서와 담론들이 함께 만드는 합작이기를 바라 마지않는다.

따라서 세월이나 역사 역시 한갓 사사로운 것일 수 없는 공공이다.

1996년 늦가을
고은

만인보 10

만인보 11

만인보 12

일러두기 ───

완간 개정판 『만인보』 10·11·12권은 초판본(창작과비평사 1996)을 원본으로 삼고, 『고은 전집』(김영사 2002) 이후 저자의 개고분을 반영하였습니다.

만
인
보

10

萬
人
譜

함석헌

하얀 머리칼 나부낀다
찬바람 분다
하얀 수염 나부낀다
찬바람 분다

오로지 섭리의 역사
하얀 두루마기
하얀 고무신
성큼 한걸음 나서노라면

거기가
이 나라의 갈숲
하얀 갈꽃이 소리쳐 피어오른다

집 안에는 깨어진 꽹과리 따위
대야에 담긴 얼음 따위지만
세상에 성큼 나서노라면

그에게는 처음도 끝도 없다
있는 것은
어제도 오늘도
허위허위 쉬지 않는 말

이 나라의 수고 많은 하늘 아래

그의 뒷모습까지도 말이었다 말이 글이었다 글이 말이었다
하얀 머리칼 나부낀다
찬바람 분다

전태일

그의 죽음은
너의 시작이었다
나의 시작이었다
하나둘 모여들어
희뿌옇게
아침바다의 시작이었다

그의 숯덩이 주검 한밤중에도 우리들의 시작이었다

육영수

1974년 8월 15일
그녀는 국립극장 단상에서 쓰러졌다
한송이 백목련이라고
한마리 날개 접은 백학이라고
그녀의 죽음은 고개 숙여 받들어졌다

그 정치적 산화(散華) 이후
남편은 황량한 때를 말갈기로 달렸고
딸들과
아들은 하나하나 흩어진 고아가 되기 시작했다
한국의 성난 성장에 바쳐진 슬픔 먹은 가족이었다

그녀는 드물게 영롱한 새소리로
하얀 이빨 시려
불행을 돕는 마음을 일으켜 행복했으나
그 새소리는 더이상 들을 수 없었다
마침내 그녀는 꽃도 새도 아닌 백자 항아리로 말이 없다
그해 8월 15일 이후

늙은 절름발이

광화문 긴 횡단보도
그는 가장 늦게 건너갔다
마구 앞질러가는 시대가 시작되었건만
그는 절뚝절뚝 건너갔다
이미 신호가 바뀌어
차들의 경적이 울리는데
절뚝절뚝
그는 건너갔다

일제 식민지시대에도
6·25사변 뒤에도
그는 가장 늦게 건너갔다
없어질 날이 가까워오는
광화문 비각 쪽에서
긴 횡단보도

해 질 무렵 햇빛 눈부신 서울이었다

1974년 8월 15일 그는 혼자 죽었다
온통 육영수 여사 추모로 삼엄한 날
대낮에
눈감지 못한 채

한평생 직업이 없었다 절뚝절뚝 건너갔다

우의정 한효순

광해군일기 넘겨보다가
잠깐!
산삼 정승이 나오것다
산삼 정승이라?
바로 한효순이 산삼을 진상하여
상감마마 만수무강하시옵기를 운운하여
백오십년 된 봉삼이 아니라
한 삼사십년 된 산삼 몇뿌리로
얼씨구 삼정승의 반열에 올랐것다

어찌 이뿐이런가
머리 한번 잘 굴려서
겨울이면
흙담을 쌓아
거기 온실을 차려
그 겨울에도
여름 채소를 잘 가꾸어 진상하여
판서 자리에 앉았으니
그 이름 뒷날에 새겨둘 이름이라

산삼 정승에 질세라
잡채 판서라
긴 세월에는 이런 심심풀이도 없지 않으이

24

이소선

어머니였다
한 아들을 시대에 바치고
떨쳐
아들의 어머니가 아니라
7백만 노동자의 어머니였다
아니
장기표의 어머니이기도 하고
누구의 어머니이기도 했다

작은 몸이었다 작은 몸에 큰 염통이었다
그 몸에서
다부진 말 한마디 서툴게 나오자마자
질화로의 뜨거운 재가 날렸다

먼바다로부터 파도가 몰려왔다

어머니
라는 말이
그렇게도 열렬한 정치일 줄이야

김대중

고난이 필요한 시대 그는 고난의 과녁이었다

일본 수도의 한 호텔 안에서
토막져 죽어야 했다가 살아났다
현해탄 복판에 던져져
물귀신이 되어야 했다가 살아났다

71년 대통령선거에서
아슬아슬하게 졌다
그의 파도치는 웅변이
백만 인파를 지진처럼 흔들어댔다
그는 혼자서도
백만 인파였다

그로부터 박정희는 치 떨었다

70년대 전기간 그는
그 극한의 고난 가운데서도
밤새워 책 읽고 영어 개인교사를 드나들게 했다

모든 준비를 다 마쳤다
친지와 의논할 때도
라디오 FM 틀어놓고
도청을 막아가며

모든 준비를 다 마쳤다
하지만 오직 하나
그가 바라는 것 대통령이 되는 것만이
아직도 그의 것이 아니었다

박정희 뒤의 어떤 고비에도
그는 삶을 겨자씨만치도 허비하지 않았다
그렇게
정녕 70년대 한국 국민은
한국에서 가장 정밀한 그를 모르고 살 수 없었다

차지철

캄보디아 폴 포트 정권인가
크메르 루주인가
그자들은
A B C D 등급 가리지 않고
마구잡이로 죽였사옵니다
몇백만명을 그렇게 죽였사옵니다
그 학살시체로 산더미를 이루었사옵니다

각하의 대한민국에서
감히
각하를 거스르는 자라면
몇만명쯤
아예 없애버리면
소위 반체제인사라는 자들
그뒤로는 씨도 없게 될 것이옵니다

각하! 성은이 망극하게도
고개만 한번 끄덕여주시기 바라옵니다

윤반웅

밤마다 시뻘겋게 달아오른
네온사인 십자가가 솟아오를 때
녹슬어 죽은 십자가
하루 내내
회기동 빈민가 골목
녹슨 십자가의 교회가 있다
어디 교회이더뇨
묵은 거미줄

하루 내내 햇빛 한쪼가리
들 줄 모르는 골방
거기에 몇십년 전의 낡은 성서주해 꽂혀 있다

거기에서 동면의 짐승인 양 누웠다가
고혈압 걸음걸이로 나오면
종로 5가 금요기도회에서나
서대문구치소에서나
그는 누런 외침이었다
마치 흙투성이 요한인 양

막말 한마디였다
북의 김일성하고
남의 박정희하고 죽여주소서
아멘

증살

생각해보라 고양이 귀신의 그 사무친 원한임에도
증묘 풍습이 있다
고양이를 솥에 넣어 중탕으로 통째 삶는다
천하 명약

조선조 광해군은 선조의 서자 10여명 중의 하나였다
뒤에 정식 왕비 소생으로
적자 영창이 태어났다
태어나지 말아야 할 것을
선조 이후 광해군이 등극했다
먼저 형 임해군을 죽였다
이것이 권력의 길이었다
이어서
배다른 아우 영창대군
일곱살짜리 아이를
강화도로 귀양 보냈다

위리안치인지라 울 밖에 한 걸음도 나갈 수 없었다
멀리 파도소리가 긴가민가 들려올 뿐

그러다가 다음해
어린 영창을 방 안에 넣고
문을 잠갔다
문짝에 못을 쳤다

아궁이에 장작을 쟁여 불을 지폈다
처음 방 안의 영창은 따뜻했다
그러다가 더워졌다 땀 흘렸다
그러다가 뜨거웠다 흘릴 땀도 없어졌다
맨발바닥 디딜 데가 없어졌다

그러다가 기진맥진
뜨거운 구들에 어린 몸 푹 삶아졌다 구워졌다 숯덩어리
이것이 권력의 길이었다

계훈제

평양 갑부의 아들이었다
격변의 세월은
어느덧
그의 등을 휘어
어디나 일찍 나타나 서성인다
사뭇 어깨가 부끄러워
어깨가 없다

내내 국민복
여름에도
겨울에도 그것
주근깨 하나 없는 맨얼굴의 눈이 멍! 투명하다

어눌하기는
그래서 그 어눌이 곧장
첫머리도 끝맺음도 없이
터지는 절규

거리에서 우연히 만나면
그 우연조차도
동지들 사이 전해야 할 속절없는 필연이어서
투명하다
가릴 것 없이
투명하다

하지만 그의 긴 팔 맞잡아
어제도 오늘도
내일까지도
백기완 옆에서 다소 침통할 따름
가릴 것 없이
투명하다

이강훈

새파란 청소년으로
그는 만주 독립운동의 귀신 잡는 전사였다
상하이의 혁명가
혁명의 성욕으로
항상 아랫도리가 뻣뻣했다
태항산 백병전 전사였다
그 싸움터에서 부상자였다 잡혔다
그리하여
일본 카고시마형무소 다리 하나 없는 장기수

단 한번도 굴복해보지 않은 멧돼지인 양
조선의 육체
조선의 정신이었다

조국으로 건너와
자유당 시절에도
공화당 시절에도
신림동 구석방에서 혼자
독립운동사
독립운동사전을
70세로도 우렁차게 쓰고 있었다
장차 80세로도
우렁차게 일어서고 있었다

그가 감방 벽에
조국을 사랑하는 시를
쓴 이래

그는 조국의 들판이었다
들 가득히 펄펄 살아 있는 적의에 찬 눈빛이었다

이돈명

그는 양심범 재판에서
항상 총론이었다
반대신문도
총론이었다

너그럽기는
강의 하류이고
훈훈하기는
눈보라 치는 날
오래 달구어진 난로의 방이었다
언 손이 녹아
쑤실 만큼

차라리
법보다
정이 깊어
법이 초라하던가

10여년 아래의 사람이라도
마음만 통하면
먼저 아우님 아우님 하고 울을 튼다

아랫도리는 종종걸음인데
얼굴 하나는

오래된 보름달로 넓적하구나

쓰라린 나날이었으나
웃는 날이 많았다
진실로 이 나라 마을마다 있어야 할 사람이었다
그러나 이런 사람 어디에 또 있나 몰라

문재린

위선이 없다
기교가 없다
삭풍 치는 북간도 벌판으로 다져서
사리사욕이 없다
있는 것은
늙은 몸에 지닌 무딘 칼
그러나
그 칼이 십자가일 줄이야

지금 말하는 것이
마지막으로 말하는 것이어야 하오

나는 아들 둘이
목사 된 것을 영광으로 생각하였소
그러나 오늘밤
그중의 하나가
시인인 것을
더욱 영광으로 생각하오
목사 된 것보다

자유실천문인협의회
민족문학의 밤 축사에서
한번도 눈부실 줄 모르고
얽은 듯

얼얼이
뜨겁고 무거운 목소리
북간도 명동촌 범바위 그 밑바위

설총

아버지 원효는 불교
아들 설총은 유교
이런 것도 풍류이거늘
젊은 설총
이따금 분황사로
아버지를 찾아가
늦가을 잎새 안팎 다 보이며 떨어지는데
아버지라고 부르지 못하고 돌아선다

그는 아버지의 자비 가까이
인(仁)을 노래하기를

인의 마음은 터가 되고
효제충신 기둥 되야
예의염치로 가즉이 에워싸니
천만년 풍우를 만난들
기울 줄이 있으리

전해오기를
아버지보다
어머니 요석궁을 닮았다 하거니와
어머니 요석궁의 그 오랜 고독과
일찍부터 함께였다 하거니와

김수환

1969년 한국 천주교의 첫 추기경이 자리에서 일어났다
그가 쓴 빨강 스컬캡은 신앙에 앞서 명예였다
그러나 가장 겸허한 사람이었다
70년대 이래
그는 한번도 분노를 터뜨리지 않아도
항상 강했다

그는 행동이기보다 행동의 요소였다

하늘에 별이 있음을
땅에 꽃이 있음을
아들을 잉태하기 전의
젊은 마리아처럼 노래했다

그에게는 잔잔한 밤바다가 있다
함께 앉아 있는 동안
어느새 훤히 먼동 튼다

그러다가 진실로 흙으로 빚어낸 사람
독이나
옹기거나

천관우

소주를 대접에
벌컥벌컥 따라 채운다
목 타는 나그네 물바가지였도다
소주를
벌컥벌컥 삼켜버린다

항상 큰 산등성이와 겨룬다
으르렁
으르렁

그럼에도
뒤돌아서서 세심하기는
잘못 튕겨진
거문고소리인가

화경눈 뒤집혀 화를 내도
어찌 된 영문이더뇨
대장부이기보다
처녀 같기만 하다

남산 지하실에서 겁 많고
세상에서 의리 많고
그러다가
1940년대 후기 이래

그 우익 그대로 일관된바
때로는 그것이
더 나아가면 보이는
진테제마저 거절하였음

그를 일러 농경사회적 지식인이라 하거나
조선 사류라 하거나

안국동

아흔아홉 칸
안국동 해위 윤보선의 저택
그곳의 향나무 차라리 심심하여라
아무리 사람들 드나들어도
무척이나 심심하여라

사실인즉 제2공화국을
박정희에게 너나 먹어라 하고 떠넘긴 뒤
노경을 오로지
박정희에 대한 증오와 경멸로 보내는 것이
그의 경륜 일부분이었다

함께 밥 먹는 낮 한시
수저질하다가
꾸벅꾸벅 존다
졸다가 깨어나
다시 수저질한다

이제 나는 이렇게 되었소이다
그런데도 박정희라는 이름이 나오면
그의 잠잠한 두 눈이 굳어지고
그의 영국 에든버러 정장 양복 윗도리
단추 세 개가 굳어진다

돌이켜보건대
제2공화국 내각책임제의 대통령은 어쩔 수 없이 실패였다

서대문 현저동 노인

서울 서대문거리 독립문 지나
그 황량한 나날의 현저동 골짜기
먼지바람
가득히 일어나고 있다
눈 지그시 감으면
먼지바람 속
수많은 사연들이 함께 있다

현저동 101번지
철거덕
또다시 그리운 감옥에 들어갔다
그 노인

이번이 열세번째
처음 들어간 것이 열여섯살
이어서
들어가고
들어가고 나오고

아예 집도 감옥 담 밖에 옮겨다놓고
담 하나 두고
이웃집에서 이웃집으로
놀러 왔다고 떠벌리는
그 노인

과연 소년시절 이래
이 방
저 방 단골이라
어느 철창인들 낯익다

그런데 노인방 20명 가득 찬 방에서
어느날 그가
다른 노인에게 실컷 맞아
피범벅으로
의무과에 끌려가며
훌쩍훌쩍 울었다
그 노인

허병섭

늘 허술한 잠바차림
늘 허술한 얼굴
평화밖에 모르는 광대뼈
늘 허술한 말소리
허병섭 목사

젊음조차도
오래오래 살아온 애환인가
그러나 70년대 반유신의 거리에서
그의 그림자는 길었다

하월곡동 다닥다닥 빈민가
빈민교회
그것도 사치스러워
목사 따위 때려치우고
미장이가 되어
어찌 미장이가 쉬울 터인가
미장이가 되어
전국의 이곳저곳을 떠돌며
세월 보내다가
얼씨구
영화 「화엄경」 단역으로도
나오는 무애

늘 허술한 목사

그에게는 무서운 진실이란 부흥회에도 크리스마스이브에도 있지 않다
늘 허술한 하루하루에 있다
어떤 웅장한 허위도 감히 그에게 다가갈 수 없다
어떤 신성한 진리도 감히 그에게 함부로 요구할 수 없다
두메 검불 한가닥으로
용을 보아라

장준하

경기도 포천군 이동 약사봉 아래
장준하가 추락한 곳은 으슥하다
그의 죽음보다
그의 의문 없는 삶이 먼저 떠오른다
난초잎새 같은
머리칼 쳐올려 깎은 흰 얼굴
그 어디에
큰 간담 있음을 내색이나 하겠는가

임시수도 부산에서
미국의 후원으로 월간지를 창간했다
하기야
광복군 시절의 OSS 인연에 이어
USIS 인연도 있을 법

미국의 한반도정책은 야릇하다
한국 지식인들의 역사의식 저항의식까지
파고들었다
북한에서 태어나
남한에 사는 계몽지식인들이 뭉치는 서북쎈터를 후원했다

발행인 장준하는 아내와 함께
잡지를 찍어
리어카에 싣고

서점마다 돌리기도 했다

김준엽 노능서 들과
중국 서주에서
멀고먼 사천 중경까지 갔던 사람
가서 김구 주석의 가난한 환영을 받았던 사람

박정희더러
밀수왕초라고 마구 공격하던 사람

박정희 3선개헌 반대의 싸움
앞장서서 이끌다가
그의 죽음으로
싸움을 이끌었다

이인영

1907년 13도창의대장 이인영 어르신은
위풍당당하셨도다
그의 휘하 선발대는
서울 동대문 밖 30리 지점까지 나아갔도다
그런데 이때 하필이면
어르신 부친상 소식이 득달같이 달려왔도다

어르신께서 다 떠넘기시고
그날로 새재 넘어
문경 장지로 내려가
아이고
아이고
아이고
베옷 입고 곡을 하셨도다

정녕
눈앞의 효도만 있었도다
뒷날에도 회고하기를
충을 버리고 효를 택한 나 자신의 일을
후회하지 않는다 하셨도다
망한 나라에서
오로지 남아 있는 효뿐이라면 충이란 무엇이뇨

선우휘

선우휘 신상초 고정훈
이 서북의 사나이들
서북지방 기독교와는 동떨어져
술 한번 마셨다 하면
바지저고리
다 벗어던지고 마셨다

우리에게는 남은 사진 한 장이 있다
한국전쟁의 1·4후퇴 당시
평양 대동강 철교 가득히
남으로 남으로 피난민 건너는 광경
온통 흰옷뿐
흰옷밖에 입을 줄 모르는 백성뿐

바로 그들의 피난을 이끌었던 사람
1950년대 휴머니즘은
거기서부터였다
1950년대 전후 휴머니즘 문학은
거기서부터였다

육군 대령 선우휘
그는 군복 입은 전후의 작가였다
후방의 음울한 작가 손창섭 이쪽
지프차 달려 자갈 튕기며

전방의 작가 선우휘

훨씬 뒤 마당에는 명아주 따위 잡초 우거지도록 방치했다
그 잡초야말로 그에게는 꽃이었던가

관철동 삼일여관

통금 직전까지 술 마시노라면
억척 술꾼들은
관철동 삼일여관이 있어
든든했지
암 든든했지

그 여관에 들어가
5차인가
6차인가
술 몇병 비우노라면
그 만취 가운데

문득 구멍이 나 피리소리
신새벽 장님 안마 피리소리

부를까 말까 하다가
주르륵 까닭 모를 눈물이 있다
어울리지 않게시리
술꾼으로서야
영 어울리지 않게시리

그 눈 없는 사람의 길고 긴 자유라니
그 적막 속으로
멀어져가는 피리소리

그때였다 목이 타
술 대신
쭈그러진 주전자 물을 들이켜야 했다

박고석

70년대의 화가 박고석은
다 내버리고
산으로 갔다

북한산
도봉산에서 시작해서
외설악
내설악

때로는 지리산 노고단
암벽을 탔다
암벽을 타다 추락했다
가까스로 살아났다
그의 화실 천장 한복판에서 드리워진
목탁처럼
살아났다

그의 화실에는
온통 루오풍의 필치로 된
산뿐이었다
아무리 작은 그림도 굵직굵직
그에게는 세필이 위선이었다
그의 붓은
한번 그을 때마다 닳아버려야 했다

불곰
이빨 없는 호랑이
송아지 열 마리 이상 낳은
암소
그리고 박고석

서울역 지게꾼

서울은 다 받아들인다
여기서 살아라
여기서 죽을 테면 죽어라 하고

서울역전 출구 언저리
지게꾼들이 대기하고 있다
그들은 열차시간을 정확히 알고 있다

걸핏하면 침이나 뱉으며
제미럴
제미럴
누구에게인지 욕이나 뱉으며
지게 등받이에 기대고 있다가

열차가 도착하기 직전이면
벌떡 일어나
빈 지게 지고 일어선다

그때에야 눈이 빛난다
충혈된 눈이지만
가야산이나
오대산에 한 달만 가 있으면
아주 맑아질 눈이 빛난다

여객들이 나온다
짐을 살핀다
무거운 짐을 살핀다
60년대 말 고향 떠나
서울역전 짐꾼이 되어
무거운 짐을 살핀다

지게질이야 어릴 적부터 이골이 난 터
그들의 말투는 전라도 충청도 사투리지만
이제 그들의 마음속에는 고향의 인정 따위 들어 있을 리 없다

하루에 한두 번씩
동료 지게꾼과 멱살 잡는다
왜 니놈이
내 짐 채가냐
이 도적놈이 씨부랄 놈이

원각사 행자

세조 후기
임금은 성병에 걸려
그 병 나으려고
오대산 상원사까지 올라가
그곳 물로
병든 몸을 씻어야 할 때
새로 창건한
서울 원각사의 밤에는
갖가지 등이 걸렸다

수박등
일월등
거북등
오리등 배등 연화등 학등
잉어등 항아리등 누각등 마늘등
댕댕 종등
물렀거라 가마등
짤랑짤랑 방울등
용등
훨훨 부채등
태평성대 태평등
남산등
알등

4월 초파일 밤
사대문 안팎 통금 없이 눈부시어라
그 원각사 행자는
초파일 맞느라
하도 곤한 나머지
법당의 수미단
부처님 앉으신
수미단 밑
그 컴컴한 곳으로 들어가
실컷 잠들어 있었다

외눈박이라
아무나 부르는 이름도
일목이었다
다행히 그날밤에는
일목아
일목아
하고 부르는 사람 없었다

정연주

동아일보 해직기자 막내둥이
소년이었다
청년이었다
그러나
어느 선배보다 드넓은 밀물
어느 선배보다 뜨거운 불길

서라벌 경주땅에서
이만한 수행을 한 뒤 태어났다면
그는 정녕
우리나라의 자랑인
아름다운 화랑이 아니더냐
유불선만이 아니라
그 이전의 산기슭 정신까지 이어받아

70년대였다
이런 젊음의 르네쌍스 있어
거기에서
순정과 싸움의 음악이 퍼져갔다
뜨거운 가슴 뒤
꿈이 고기압권의 바람처럼 길고 싸아했다

이우성

누렇다 누런 집념의 사자평 능선이다
기우뚱 일어서는
누런 등줄기에
날이 저문다

신유학의 성품에다
개신유학의 기상
가을이면
숫제 청동으로 굳은 몸
그의 목소리에 새소리가 들어 있다
책을 잃어버린 소년인 양
안타까워
안타까워
가을밤 기러기 울음소리에 가깝다

앞으로 나서서 외친 적 없으나
맨 나중의 한마디로
강직하다
가장 오래된 것을
가장 새롭게 새겨
노여운 신록

실학이란 우리의 근대 아니던가
여기 근대인 이우성이 못마땅하다는 듯 팔짱을 끼고 서 있다

이문영

다른 데 가서 찾지 말라
초지일관은 오직 여기 있다
그의 어린 시절
그의 배재학당 시절
장일순과 한반에서
조선어 일본어 영어 배우던 시절
그런 시절 그대로
그때의 뜻
이제까지 그대로였다
이끼 낀 초지일관은 오직 여기 있다
가만가만 눈 내리는 밤
그는 그렇게 걸어가지만
작은 고무래
그의 아호 그대로 걸어가지만
누가 그의 의지를
마른 나뭇가지처럼 꺾어본 적이 있더냐
그 커다란 머리통에는
온갖 사색이 채워졌지만
또한 더 높은 곳에서
떨어지는 소리들을 채워야 한다

가장 보수적인 육신에
가장 진보적인 정신이 깃든
그 마음은 크다

그는 그가 섬기던 목사 이름을
그의 아들 이름으로 삼았다

그의 마을은 크다
그 마을 위
찌뿌드드한 흐린 하늘은 크다

유일한

1971년에 20프로의 한국인 한 사람이 죽었다
9세에 미국으로 떠났다가
그곳에서 고학생이었다
어느 만큼 애국자였다가
돌아와 유한양행을 차렸다

20프로의 한국인으로
80프로 이상의 한국을 꿈꾸었다
모든 것을 돌려주었다
그의 딸에게도 주지 않고
세상에 돌려주었다
단 한푼도

물질이 누구의 것이 아니라
공공의 것이었던 바가
태초이거늘

그 태초 유일한

공중변소 낙서꾼

퀴퀴한 곳
구리구리한 곳
시금털털한 곳

왝!
왝!
약한 비위에는 으레 구역질

그런 공중변소마다 들어가
낙서를 하는 사람 있다
김철호

처음에는 음양을 그려
박는 것
박히는 것 그리다가

뒤에는 욕설을 썼다
갖은 욕설
그러다가 괜히
어떤 낙서 유신철폐를 괜히 흉내내어
유신철폐를 썼다
그러다가 괜히
긴급조치 9호 위반으로 감옥에 갔다
미결수 대기소 벽에도

감방 벽에도 썼다
유신 개좆 개보지라고
유신철폐라고

마니산 참성단

『동국여지승람』을 펼치면
어쩌다가
강화도 마니산 참성단 얘기 다음과 같나니

단의 높이 10척
위는 모가 나고
아래는 둥글다
전조(前朝) 고려가 하던 대로
본조(本朝)에서도
이곳에서
하늘의 별들에게 제사를 지낸다
기억할 만한 일은
태조 정종에 이은
피의 임금 태종도
고려말에는
이곳에서 제사 지낸바

이 단이 하늘에서 만든 것이 아니라면
누가 만들었는지 알 수 없나니
향 냄새가 올라가
별은 낮아지나니

이런 멋들어진 이색의 시 한 구절도
그 끄트머리 충성으로 돌아가는데

조선 후기 한 귀머거리 나무꾼이
여기까지 날마다 올라와
어느날 귀가 펑 뚫려
온 세상의 바람소리 다 들을 수 있었나니

사람들이 수군거리기를
별에 제사 지낸 영검은
정성 없는 나라가 받지 못하고
정성 있는 한 나무꾼이 받았다 하거니와

과연 마니산 참성단 펄럭대는 바람소리야
이 나라의 귀머거리들
다 모아다
백번 이백번 펑 뚫어줄 힘찬 노릇이거니와

이응로

동백림사건으로
고국에 왔다
고국의 중앙정보부에 왔다
고국의 대전교도소에 왔다

웬일인지
감방에서 붓과 페인트를 구할 수 있었다
4·6배판 정도의 책뚜껑만한
베니어판이면 되었다

거기에 뚝 멈춰선 황소를 그렸다
정지된 분노와도
발기된 성기의 화석과도 같았다
한 송이 꽃도 그렸다

대전교도소 사상범 사방
겨울의 철창을
비닐로 막았다
방 안은 영하의 냉방
손 곱아
붓이 잡히지 않았다
손가락을 움직여
붓을 잡았다

가까스로 봄이 와 꽃이 피었다
베니어판 위
그리하여 빠리로 돌아간 뒤
그의 한지 묵화
그의 상형문자 묵화
그의 민중무한 묵화
그것들이 하나하나 이루어졌다

그 육중한 대머리
모락모락 김이 났다
으스스한 빠리 교외의 겨울
보리밭처럼
보리밭 위 종달새처럼
조국이 녹아들어
질척거렸다

정경화

전란이 지나간 뒤
엄마는 어린 딸을
사랑하는 딸을
바이올린으로 만들었다

만들어지는 단련과
이미 만들어진 천재가
길고 긴 미로를 통과했다

한국이 인권 없는 나라 서열 8위일 때
코리아게이트의 추악으로 들끓을 때
그런 나라에서 피어난
화려한 꽃이었다

기립박수 속에서
그의 바이올린 연주는
한국의 성층권에서
세계의 대기권으로 잦아들어 내려갔다

윤이상

가서 동양을 펼쳐라
바다 밑 용왕으로부터 명을 받았다
한 마리 다친 용은
그렇게 태어났다
그렇게 떠났다

그 용이 광복절 초청의 이름 아래
한밤중 잡혀왔다
그 용이 감방 벽에 쇠붙이에 머리를 치받았다
타살을 거부할 마지막 자결의 힘으로
쏟아지는 피로 유서를 썼다
아들아 나는 역사와 민족 앞에
부끄러움 없다 간첩사건은 조작이다……
그는 죽어가다가 가까스로 목숨을 건졌다

무기수의 겨울이었다
떠다 둔 식수가 얼어버리는 감방
용은 웅숭그린 채
담요 둘러쓰고
엎드린 채

양자강 언저리 장주(莊周)의 나비를 꿈꾸었다
그의 오선지는 살아났다
천둥 치고

무너지고
그리고 적요했다

세계는 그의 음악을
정장(正裝)의 경건성으로 받들었다
말러 이후인가

지명관

아마도 그였을 것이다
70년대 내내
일본 이와나미의
월간『세까이』의 한국통신 필자 KT생(生)이

리영희도 닦달받았다
종로 5가
기독교인권위도 의심받았다
고은도 닦달받았다

아닙니다
그만한 글이야 일본에서
얼마든지 쓸 수 있습니다
그렇다면 정경모인가?
그거야 모릅니다

아마도 동경여자대학 교수로
조용히 살면서
어떤 반유신운동에 참여하지 않으면서
어김없이 달마다 KT생으로
한국의 민주화운동을 제고하고
유신체제를 탄핵한 사람은 그였을 것이다
네모상자 같은 너부데데한 얼굴의 참여 로맨티스트
지명관

50년대 이래
가장 긴 현역 지식인의 길이었다

김이옥

조봉암의 애인 김이옥은 아름다웠다

강화도 부농의 딸
경성여고보 졸업
이화여전 음악과에 다녔다
3·1운동 무렵
두 사람은 뗄 수 없는 사이
조봉암의 얼굴에 난 사마귀와
김이옥의 턱밑에 박인 점이
서로 사랑하는 사이

조봉암은 처녀혁명가 김조이와 결혼했다가
1925년 제1차 조선공산당사건으로 헤어졌다
그뒤 조봉암이 상해로 가서 활동하는데
바로 거기까지 찾아온 김이옥이었다
부모도 버리고
대학도 버리고 왔다

두 사람은 함께 살았다
딸 호정을 낳았다
5년 동안의 망명생활 신혼생활 뒤
조봉암이 상해에서 체포되자
김이옥은 딸을 데리고
강화도 친정으로 돌아갔다

가까스로 친정어머니 그늘에서
폐병을 앓다가 세상을 떠났다
딸은 고아가 되어
강화도
인천에서 얹혀 자랐다

조봉암은 감옥에서 나와
일제 말기 인천에서
지난날 헤어졌던
김조이와 다시 만났다
그녀도 함흥형무소에서 나온 참이었다

이 기구한 혁명가 부부의 재회 사이에
기구한 사랑의
김이옥이 있다가 사라진 것
여기에서
혁명의 실패와 사랑의 실패가 하나인 것

강원룡

전후 50년대
그가 캐나다에서 돌아와
하나의 별이었다
장충동 경동교회 일대에서
그의 말은 별이었다

결국 크리스찬아카데미 시대를 열어
그것이 70년대 지성의 중앙이었다
한낮에도
카랑카랑한 목소리로
지치지 않는 별이었다

대화
중간집단
양극의 극복 따위와 더불어
그는 소극적 저항자로 남겨지며
차츰 별이 아니었다

별이 아니어도 좋아라
밤구름 두꺼운데
어디에
별 한 무더기 있을 리 없다

그는 김재준의 제자이면서

김재준의 길이 아니었다
그의 번들거리는 눈
무엇인가를 버릴 수 없고
언제나 무엇인가를 확보하는 눈이었다

여기 한 사나이가 있다
고대 로마 이방인 시민권자와 같은
그 사도 바울의 퇴화와 같은

두 의사

의사 길우섭 박사는
의사 장형수 박사와 서로 다른 의대에 다녔다
수복 후
서울 신당동에서
서로 5백 미터 사이에서 병원을 차렸다
우연이었다

그들은 처음에는
연식정구도 치는 사이였으나
60년대 말부터
환자 확보로 시작한 싸움이 거세어졌다

철천지원수 사이
그들의 자식까지도 원수 사이
그런데 길박사가 병들어 죽어가면서
장박사에게 처방을 부탁했다
장박사의 정성어린 처방으로
죽어가는 길박사가 살아났다

이번에는 장박사가 골수암이었다
길박사가
장박사 병원까지 맡아서 보살폈다
하나는 대머리
하나는 키가 작았다

결코 품위 없는데
환자는 옥수동 금호동에서도 왔다
청구동 김종필 옆집에서도 왔다

강운구

내설악 백담사 계곡은
차라리 완벽한 인공(人工)이다
계곡이기보다
누워 있는 조각이다

그 계곡 기슭으로
발소리 죽여 가는 사람 있다
아름다운 사람일수록
밖으로 나올 줄 모르는 근신을 지킨다

그 사람은 백담사를 지나
형제봉에 이른다
심마니 움막 언저리
숨찬
숨소리 죽인다

저 아래에서
수런수런 올라오는 봄빛이라
여기 벌써 에델바이스 한송이
짤칵
짤칵
그 사람은 필름 열 통도
다 썼지만
고개 사래저어

다시 한 통을 꺼내어 찍고 찍는다

꽃 하나에
이렇게 긴 시간을 바쳐 심신 바쳐
겨우 한두 장의 사진이 된다면

이 세상의 모든 피사체들이
그 핵심을 보여주는 일은
단 한번이다
아 사진이야말로 가장 정직하다고 누가 또 주워섬기나

오종우

배가 떠난 뒤의 포구에서도
그는 쓸쓸하지 않았다
그가 서 있는 부근에는
서리 맞아
더욱 짙은 푸르름의 배추밭이 있었다

아무리 돼지삼겹살의 안주가 날리는 시대에도
그의 깡마른 몸은
뼈와 얇은 근육뿐이었다
그 몸 안에 담긴
비폭력의 미풍

그는 언제나 친구들의 뒤에 있었다
몇마디 말을 머금고 그 말은 나올 줄 몰랐다

산중 혁명

1198년 음 5월
고려 무신정권의 5월
뻐꾸기가 가장 부지런해
해 뜨기 전부터
밤중의 두견새에
그 울음소리를 이어주었다
그런 뻐꾸기 울음소리 아래
싱그러운 나뭇잎 사이
물방울 굴러가듯
꾀꼬리 울음소리에
눈감을 줄 알아야 해

그러나 그런 귀의 행복 물리친
송도 뒤 북산
여러 귀족가문의 종들이
생나무를 베고 있었다
나무꾼 만적 미조이
연복 성복
소삼 효삼 등 여섯 놈
그들이 뜻을 세웠다

무신란 이후로
천노 중에서
고관이 많이 나왔다

어디 역대 장상(將相)이
따로 그 종자가 있겠느냐
때가 오면 누구나
나라를 맡을 수 있다

그들은 먼저
궁중의 환관과 궁노의 호응을 받아
최충헌을 죽이고
그 다음으로
그들의 주인을 죽여
천적(賤籍)을 불살라
나라를 맡기로 맹세하였다

그러나 동참자 순정이
주인 한충유에게 알림으로써
산중 혁명 노예 백여 명
모조리 잡혀
사지 찢겨 죽었다

그런 뒤 해마다
북산에서도
흥국사에서도
보제사에서도
새 울음소리에는

으레 만적 미조이
연복 성복
소삼 효삼
그리고 불삼이 산내
길노 궁소
이런 이름이 들어 있었다 한다

황인철

1974년 이후의 대통령 긴급조치 9호의 시대
서대문 정동
서울지법 대법정 혹은
다른 법정에는
언제나
그가 푸근한 날씨처럼 나와 있다

실정법보다 자연법의 얼굴
그가 나와 있으면
어떤 법이나 제도도
하나의 인간으로 돌아간다
만약 인간적인 것이
신성한 것이라면

그에게는 웅변이 없다
넓적한 얼굴 어디도
극단에 쏘여본 적 없다
하지만 그의 수식 없는
반대신문은
언제나 주신문을 녹여버린다

그는 인간으로 돌아간 뒤
다시 한번
그 자신의 규범으로 돌아갔다

바로 거기가
그의 법이었다 자연이었다

문국주

꽃 같은 사내라고 말하면
후박나무 잎사귀 사이
후박꽃 피었다
오늘이 어제와 같다
방금 꺼진 화롯불처럼 따뜻하다

도무지 서울대 사내 같지 않다
도무지
민청학련사건 기결수 같지 않다

그의 입에서 혁명이란 말이
한번도 나오지 않았다
그 겸허
그 울바자 없는 아량
아마 열다섯살 때부터
그렇게 익었나보다

누구의 일이든
무슨 일이든
다 맡아
내 일로 삼는
그 허위단심으로
그렇게 익었나보다

꽃 같은 사내라고 누가 말하면
호박넌출 기어가다가
호박꽃 피어
꽃 안의 벌소리 있다
숫제 오늘조차도 어제인가

대원암 탄허

70년대 초 법정이 얼핏 얼굴을 냈다가
산중으로 들어가버린 뒤
잠 오는 차
잠 오지 않는 차
잠 깊지 않게 오는 차
이런 차 공양이나 하러 들어가버린 뒤
민주화운동에는 통 불교 쪽 누구도 없었다
만해 한용운만
죽어라고 노래하고 다니지만
어찌 그것으로 산 자식 치켜세우겠느냐

마침 오대산에서
서울 안암동 대원암에 와 있는
탄허스님 소문을 듣고

나는 함석헌 옹과 함께
저녁 대원암에 스며들었다
누가 따를세라
고려대학교 강연에라도 가는 척하다가
슬쩍 따돌려 스며들었다

그러나 주역 이야기뿐 주역 계사전 이야기뿐
저녁밥상 겸상으로 먹고 나서
그냥 섬돌 신발 신었다

함석헌 옹의 말씀
불교계에 이렇게 사람이 없다니
이렇게 싸울 사람이 없다니

나도 한마디
그러기에 산중에 달력 없지요

막걸리반공법

1975년 무렵은
남한이나
북한이 비슷비슷하게 살아갔다
그뒤로는 내내 뒤처진 남한한테
북한은 뒤처졌다

그 무렵 서울 용산구 원효로
여기저기
뒷골목 대폿집

소주 서너 병에
불쑥
입 놀린 막일꾼 차도칠이

북한도 지옥은 아니라던데……

이 말 한마디에
간첩신고로
반공법 위반 징역 1년 먹어
2심에서 8개월

8개월 살고 나와
바야흐로 세상은 찬란했다
신안 앞바다에서

천년의 송대 원대 신고 가다 가라앉은 보물들이 나와
그것만이 햇빛 아래 찬란했다
박정희 파쇼는 더 크고
박정희의 키는 더 작아졌다

서경덕

기생 황진이가
아무리 허리를 꼬아도 끄떡없다 하는데
이 무슨 자랑인가
진실로 기를 말할진대
황진이의 기와도 으슥히 어우러질 일

아무려나 그의 기일원론은 율곡 이이에 이어져
이 나라의 들 가득히
굶주리는 백성의 시절에도
아지랑이로 피어올랐다

현량과 수석도 사퇴하고
어머니의 간절한 청으로
생원시 장원이었으나
벼슬을 사퇴하고
그뒤 능참봉도 사퇴하고
내내 한 벌 포의(布衣)로 살았다 서경덕

오로지 철리만이 그가 탐구하는 일
이를 밝게 안다면
장구 치며
우리 임 보내오리다
라는 그의 노래가

뒷날 세상을 온통 이(理)를 버리고 내치고
기(氣)만으로 덮었다

때로는 그의 기는 좌파 이는 우파이기도 하며
때로는 그의 기는 누구네 이와 이념을 다 지워 없애버리기도 하며

이해학

아예 성남으로 간 사람
성남의 가난한 사람들에게 간 사람
거기 가서
좀처럼 서울 기웃거리지 않는다
빈민선교 파송이라 하지?
그런 이름조차
내던져버린 사람

몇번이나 감옥에 들어갔다 나와서
다시 가난한 사람들의 벗이 된 사람

오기와 용기가 하나인 사람

이마에 달린 뿔
이마 아래
뿔 같은 두 눈으로
어떤 놈도 겁나지 않는 사람

그에게는 밤거리 파아! 하고
카바이드 불빛 지나치며
산 싸구려 넥타이 하나가 있다
이념이란 지식인의 것이 아니라
가난한 사람과
일하는 사람의 것인 한

장기표

그의 순정은 사명이었다
무엇인가를 말해야 했다
혼자일 때도
그는 마음속에서
말해야 했다
말하는 동안
그에게는 기쁨조차도 슬픔이었다

1977년 서울 서대문구 현저동 101번지
서울구치소
3사 상 감방에서
나는 그대를 만났지
그대는 항소심이고
나는 1심이었지

추운 날 손가락 펴가며
묵사지에
골필 항소장을 쓰고 있었지

어머니는 항상 전태일의 어머니였지
그의 몸 90퍼센트는 꿈
나머지 10퍼센트에
아내와
어린 두 딸이 있어야 했다

고등학생 때는 산사에 들어갔고
대학생 때는
시대의 최전선에 섰다
하얀 낮
머루눈
나막신소리 같은 목소리
정치와
인간을 혼동하는 정신
그대는 그렇게
시집가는 신부의 다홍치마였지 고뇌의 소프라노였지

김윤

아버지는 김소운 어머니는 김한림
아우는
8월의 폭염 아래 명동거리
긴 겨울외투를 입고 다니는 엉뚱한 철학도
아버지를 닮으면
글이 좋았고
어머니를 닮으면
남이 좋았을 거야
아우와 비슷하면
사춘기에 우주를 사모했을 거야

민청학련 구속자 중 홍일점
심장을 앓으면서
장차 임신은 고사하고
언제
어떻게 될지 몰라

그의 이해는 깊었고
그의 투지는 숙성한 밀물로 왔다
영혼으로는
바닷가에서 태어난 처녀

70년대 말
그는 전북 순창으로 내려가

농민 가운데서
허술한 농사꾼 아낙으로 살았다

그뒤 어디로 갔는지
도무지 어둑어둑한 밀물 위로 아무 소문도 떠오르지 않는다

연산군

이 사람도 사람이므로 사람의 말을 남겼다
연산군 시집 한 권

함세웅

한국의 천주께서는
참 깨끗한 아들 하나를
거룩한 볼모로 삼으셨나이다
너희들
너희들
이 사람을 욕되게 하지 않으려거든
나를 함부로 망각하지 말라 하셨나이다

하얀 칼라 제복의 여고생들이
저쪽으로 가고 있다
저쪽에서 천주의 아들이 혼자 오고 있다
가고 오고
그 아들은 파란 하늘에 물들어 있다

맑은 얼굴
맑은 눈
비 온 뒤라면 무지개 걸려

그러나 독재나 어떤 잔재 따위에는
진흙탕 싸움을 사양할 수 없다
그 아들은 한국 천주교회의 앞에서
지(知)와 신앙으로 집을 지었다

그는 도시의 신부다 두메로 가면 안된다

남정현

양심이란 이렇게 조촐한 것인가
이렇게 가난한 것인가
이렇게 비굴욕적으로 무능한 것인가
오로지 가슴속 잠재워둔 뜻
함부로 내보이지 않으나

한번 입을 열면
그의 논리는
네모반듯한 액자 안에
상대방을 넣는다

한때 거리를 유심히 떠돌았다
그러나 물이라면 좋겠다
물로 갇혀
마른논 물 가득히
밤새도록 개구리소리라면 좋겠다

제3공화국 이래
가장 먼저 필화사건의 문인이었던 이래
「분지」 사건 이래
아직 한번도
가난과 오랜 병을 벗어나지 않았다
그의 아내조차
오랜 병을 벗어나지 않았다

한낮에도 밤에도
그가 누워서 라디오를 듣고 있었다

안병무

그는 주(註)를 싫어한다 군더더기를 진작 버렸다
수려한 원경(遠景)이다
어머니의 수렁 같은 인욕으로
자라나
높은 산으로 차갑고
깊은 물로 차갑다

아버지의 표박(漂迫)으로
자라나
북간도 벌판이건
라인강 기슭의 중세이건

어느덧 인문의 카리스마가 되고 말았다

키르케고르의 무덤에 가서
약혼을 파기하고
그 우울한 철학을 편 사람의 무덤에 가서
독신을 맹세했다가
50세 미만에야
가정과 이웃
그리고 사회의 사건에
아내 박영숙과 함께 뛰어들었다

한국 70년대의 민중을

세계 신학에 올려
독일에서도
미국에서도
'민중'이라는 음악적인 개념 이전의 말이 떠돌게 하였다

그의 민중신학 구원은 타력이 아니다 자력이라
멋진 사람
인문은 야만에 대해서 항상 일어섰다
멋지고 슬픈 사람

박난주

삼수갑산 어디메이뇨
거기까지 흘러가
깎았던 머리 길렀으며
어느 불쌍한
새끼 달린 아낙 불러들여 영감이 되고
두메산골 아이들 훈장이 되어
들쭉술에 취해 살다가 간 사람

조선말 경허 대선사
그의 성은 송씨였다

성을 가는 일이야말로
가장 치욕인 땅에서
그는 한번 손바닥 뒤집어
송씨를 박씨로 갈아버렸다
경허라는 큰 이름도
훈장 난주라는 이름으로 갈아버렸다

이 난주야말로 경허가 넘어간 곳이라!

길진섭

1948년이었다
화가 길진섭이 38선을 넘어갔다
그의 낡은 그림 4호짜리 하나가
1974년 화곡동의
어떤 신접살이 국민주택에 걸려 있었다
대수로울 것도 없는 봄날의 꽃풍경
꽃에 벌들이
잉잉거리지도 않았다

그러나 누구의 그림인지
알았으면
신고되었거나
불태워졌거나

무지야말로 한 작품을 고이 살려내고 있었다
무언가 좀 아는 놈들아
입방아찧지 말기를
깨방정떨지 말기를

그림 아래
살뜰한 술상의 소주맛이 카아 좋았다
밤 백촉 백열등 불빛 환하게
마주 앉은 벗의
주근깨 따위조차 좋았다 식민지시대 그림 아래

대전발 영시 오십분

통일호 순환열차가
한밤중 대전역에 무덤덤히 멈춰 있을 때
한 육중한 사내가 구내매점에서
국수 네 그릇 사들고
객차 안으로 들어서고 있다
얼핏 보아
안경 벗은 백두진을 닮았다
한 그릇은 제 것일 테고
세 그릇은 동행하는 여자 셋의 것이었다
하나도 아닌
셋이나 한꺼번에 속여

남해 난바다 거문도에 팔아넘기러 간다
셋 가운데 둘은
벌써 하룻밤을 나눈 사이

둘보다 좀 미안하게 생긴 하나는
섬에 건너가면
다방
술상머리가 아니라
주방을 차지할 모양이었다

대전발 영시 오십분이 이렇게 인생길 악랄할 줄이야

봉천동 이씨

노령산맥 넘으면
거기 전라남도 장성땅
대대로
흙 일구어 먹고살다가
에라
놀음빚도 아닌데
시나브로
쌓이는 빚 이내 걷어 갚고 나서
덜렁
솥단지와 쭈그렁 마누라와
재작년 마늘 같은 새끼 세 놈과 떠났다

기적소리가 힘찼다
갈재굴 지나가며
그 어둠을 이겨내는 객차 안 불빛도 힘찼다

여기가 어디인가
루핑으로 벽을 쳐
달빛이 환장하게 밝은 밤이었다
서울 변두리 봉천동

봉천동 이씨
비 오지 않으면
허어 야단났네그려

논밭 바짝바짝 타들어가겠는데그려
그러다가
비 오면
허어 이제사 심은 모 덩실덩실 춤추겠는데그려

천릿길 고향 떠나
국민주택 작업장 모래짐 나르는 잡부인데도
공치는 날
동네 판잣집 이발소 언저리에서
영락없는
지난날의 농사꾼 그대로
허어 이제 나락 잘도 패겠네그려
이렇게 뜨거운 날

노동자 김진수

1971년 3월
한영섬유 노동자 김진수가
드라이버에
머리 찔려 병원으로 실려갔다
실려가
두 달 지나서 죽었다 피습 사망이었다
지난해 전태일의 분신 이후의 일

사람들은 하나는 섬기고 하나는 저버렸다

청진동 옥자

종로 1가 이면도로
그 생선 굽는 냄새 골목 지나가자면
어리굴젓 안주에
막걸리 한 주전자
열차주점 있어야 했다
젊은 소설가 박태순이
소리지르는 곳

그곳을 지나
길을 꺾자마자
술집 소사집 있다
소사집 옥자

누가 와도
손님은 아버지 같았다
오라버니 같았다
물에 빠져 죽은
고향의 아저씨 같았다

살짝곰보
보름달 뜬 가슴팍에 늘 땀이 흘렀다

옥자
너 때문에 안주는 그대로 있고 오랜만의 친구도 심드렁하다

웃지나 말지
함박꽃으로
웃지나 말지

안수길

말없이 앉아 있어도 부지런했다
조용조용
걸어가도 부지런했다
이른 아침 마당 쓰는 소리가 났다
그와 만나면

허어 원효대사 오랜만이오
하고 버스 안에서
그와 만나면
그의 반가운 목소리도 부지런했다

가을 잠자리
가을 운모에 반사된 햇빛 조각
그런 것들이
그의 뼈 안에 들어 있다

북간도 용정
하얼삔
만주국 신경
봉천
그런 땅 지나

가을 잠자리 내려앉았다
야망으로부터 제법 먼 곳에 와 앉았다

지석영

사람들은 그의 종두법에 의하여
팔뚝에
우두를 맞기 시작하였다
사내든
계집이든
팔뚝 윗부분에
우두자국 흉터가 달빛에 드러나며 번쩍거렸다

켈로이드 체질의 우두자국이야
바야흐로 꿈틀대다 멈춘 버러지였다

그러나 그의 사업이 또 하나 있다
어려운 한문 버리고
쉬운 한글을 쓰자 하였다
쉬운 한글 가로쓰기로 쓰자 하였다

이것은 그 무렵 일본의 영어지상주의자 모리가
한자는 물론이거니와
아예 일본어를 버리고
영어로 말하고
영어로 쓰자는 것과는 전혀 달랐다

먼 훗날 기어이 가로썼다

정구영

민주공화당 당의장이었다가
박정희 3선개헌을 반대하고 떠났다
민주회복국민회의에 참여했다 단아한 원로였다
그뒤로
북아현동 자택은 갑자기 인적이 끊어졌다
거미줄이
그의 웃음 같았다
웃는 입이야 벌어지지만
그 웃음소리 잘 들리지 않는

발인 당일 관은 가벼웠다 문상객 별로 없었다

칠보 들노래

저기 가는 저 처녀 눈매를 보소
겉눈만 감고 속눈은 떴네
앞소리는 허허어 어허허이
뒷소리는 에헤야 하하하 하하하하 에허이

이 정읍 칠보 들노래가 그대로 서울에 이르러
중앙우체국 앞에서
명동 입구까지의 길 가녘
남색 긴 치마 끌며 지나가는 미친 처녀 있었다
겉눈 감은
처녀이기는 하지만
여러 사내들 속내 뜨르르 알고 있었다 설미쳐도 알고 있었다

항상 만나는 사내마다
새로운 사람으로 만난다
어떤 쓰라린 지난날도
오늘 오후의 새로운 홍차 한잔의 뜻에 미칠 수 없다
이 새로움이 곧 미친 나날 아니리

홍성우

어제도 오늘도 그 얼굴이었다 그의 의지였다
그 정장 그대로였다
머릿기름 자르르 발라
티끌 한점 앉지 못한다
결코 감정도
종교도
가정도 드러내지 않는다

70년대 양심수 법정은
그가 없이는 성립되지 않았다
그의 변론은 문학이었다
피고인들의 열렬한 항변을 지나
그의 변론은 이성과 감성의 교직이었다

집에서는 장모와 친모를 함께 모시고
집 안팎 화목이 으리으리했다

그런 그가 이병린 변호사의 관을 운구한 뒤로
그 누구도 잘 받들지 않았다
너무나 많이
인간이란 것을 알아버렸다

대법정 정리 김두석

나이 49세인데
65세쯤으로 주름이 빽빽하였다
공교로운바
정치범이 늘어난
70년대부터
빽빽한 검은 머리가
흰머리로 바뀌었다
그러나 법정에서
몇십년을 보낸 터라
수많은 어설픈 판사 검사
그리고 능구렁이 담 넘는 변호사들을 보았다
아니 수많은 피고인들을 보았다

피고인들이야말로 인간이었다
인간의 진실
인간의 허위
그리하여 인간 그 자체에 통달하였다
법정 정리 김두석
지그시 눈감고
공판시간을 보낸다
그러다 방청석이 소란하면
어느새 벌떡 일어나서
그 몰인정한 눈초리로 훑으면서
판사의 지시를 기다린다

다시 지그시 눈 감고
나머지 공판시간을 보낸다
오랫동안 많은 사건들을 알았다

그에게는 이미
선이니 악이니
정의니
불의니
그따위는
그의 낡은 구두코에
내려앉은 먼지일 뿐

고영근

황해도에서 온 목사
황해도 사리원사건
전란 당시
그 사리원사건이
미군이 아니라
황해도 우익 기독교가
한술 더 떠 저지른 이래
서울로 온 목사

그에게는 우익밖에 없으므로
박정희 유신체제가 좌익이었다

70년대 이래
꾸준히 감옥 다니는 사람
박정희라면
이를 갈아야 하는 사람

한동안 나와서도
박정희를 반대하는 글을 쓰는 사람

그는 그의 키 1미터 70센티 밑으로
그의 뿌리가 몇백 곱절로 깊이 내려가 있다
누가 따르지도 않아
그의 신념은 낡고 고적하였다

하지만 그는 한번도 슬프지 않았다
저문 날에도 비 오는 날에도

곽태영

백범 암살범 안두희
이승만의 국방경비대 장교 안두희

숨어 사는 그 안두희를
그의 젊음을 다 바쳐 찾았다
찾아서
그 목에 칼을 박았다

오직 백범뿐이라는 신념이야말로
그의 가슴에 품었던 칼
전북 김제 들녘의 겨울
언 흙으로 다져진 열정이었다

그 이래로
그는 내내 누가 알아주지도 않건만
독립운동 유공자들을
아버지로 받들어
단 하나의 칼을 품었다
기어이 박아야 할 몇자루 칼을 품었다

김홍도

조선 근대의 먼동 강세황에 의해서
그는 세상에 나섰다
그는 세상에 나서자마자
영조를 그리고
장차의 정조를 그렸다

금강산에 가
금강산을 그려
영조에게 바쳤다

강세황이 말하기를
오늘의 신필(神筆)이라

마음이 넓고
길을 나서는 풍채가 제격이었다

하지만 그의 화풍 진경산수는
50세 이후
그때부터 명승 따위가 아니라
이름없는 농가 언저리
백성 언저리에
그의 필치가 달려갔다

옳거니 김홍도는 김홍도의 본성일밖에

권호경

이 부끄러움 많았던 신학생이
개신교 교단
이 살림
저 살림
골고루 꾸려갈 줄이야

60년대 후기 군사독재로
그는 눈떴다
밤이면 촛불시위 10만이
산을 덮던 시절
그 이래로
가파로운 시대의 비탈을 버티고 서서
그는 싸우는 동안에도
항상 살림을 맡았다
그러다가 우르르 몰려가는 감옥이라면
거기에 섞여

그의 가지런한 이를 드러낸다

김승훈

그에게는 기교 없는 부권(父權)이 있다
그래서 신부인가

사나운 적이 있었던가
없다
거만한 적이 있었던가
없다

그런데도 그의 앞모습은
잔뜩 흐린 날
사나운 개를 부르고 있었던가

마음은 달 떠오르는 정한인데
겉으로는 무뚝뚝
하지만 천주께서는
이런 사람이
맨바닥에 무릎 꺾어 바치는
짤막한 기도를
무척이나
무척이나 좋아라 하신다

있는 안주 다 내놓는 쓸쓸한 포구의 술집인 양

최일남

술 취하면 노래 열 개 스무 개가
줄 서서 흘러나오지만
하늘의 별들이
땅 위의 노래를 위하여 깜박인다
별이기보다
먼 등불인 양

지극히 정다우나 지극히 엇구수하나
지극히 공적인 사람
한번도 찬란한 적 없으나
어느 곳도
헛디딘 곳이어서는 안되었다

그는 그의 과녁 적중을 자랑하지 않는다
세월이 갈수록
그는 무서운 하루로
날 저물어
추운 개울물 건너
타락을 모르는 무서운 사람의 하루를 마친다

고로 우리나라가 아주 망해버리지는 않을 터

홍남순

광주에 가면 홍남순 옹이 있다
무등산이 있고
무등산이 내려보는 곳에
홍남순 옹이 있다

그런디 그것이 그런디 그런디 그것이
송충이 같은 눈썹이 꿈틀거리며
반대라기보다
그저 언짢은 듯이

그 눈썹 그 머리가
몇년 뒤
하루아침 하얗게 셀 줄이야
어디에도 판사인지
변호사인지
그런 자취 도무지 없이
그저 마을 좌장으로
조끼 입고
조끼 단추 다 끼우고
팔짱 끼고 앉아

그런디 그것이 그런디 그것이
광주시 북판 궁동
그의 집 겸

그의 사무실 사랑방이야
하루 내내
이 사람 저 사람
드나들어
발 고린내도 남아 있다

그런디 그것이

강세황

그의 자화상을 본다
오래 살아 있을 초상을 본다
그 앞에서
무엇을 훔치려다 들킨 것처럼
그 앞에서 섬뜩 놀란다

그의 자화상에는 음영이 있다
여기에 아직 건너오지 않은 근대가
이미 시작하고 있다

어디 음영뿐이리
이전의 것이 아니다
이후의 것의 시작이었다

배타적인 채색 따위도
이미 문을 열어
근대의 자아가 시작되었다
처음에는 잠든 듯 아닌 듯
다음에는 잠깬 듯 아닌 듯
그다음에는 미친 듯 안 미친 듯 시작되었다

가짜 문둥이

제주도 4·3대학살 진행될 무렵
한라산 중턱 봉개동 좌성모는
제주도 사나이라면
부리부리한 눈빛 가려주는
진한 눈썹부터 다 뽑아버리고

그것으로도 안되므로
발가락들
돌덩어리로 마구 짓이겨
가짜 문둥이 행세로
무더기 체포
무더기 학살을 피할 수 있었다

몇해가 지나갔다
그는 여전히 문둥이병 환자였다
이번에는
뭍의 전라도 소록도로 실려가다가
변소에 가는 척하고 도망쳐
어디로 사라졌다

그러나
그의 아들이 나이가 차
신붓감을 구하는데
문둥이 아들이 되고 말았는지라

문둥병 환자로 몰려
번번이
퇴짜를 맞았다

아버지
아버지
아버지는 지금 어디 계시우꽈
온통 감귤이 익어 야단인디

아버지

화곡동 수리공

방바닥 강관 나사 하나만
새로 끼워넣으면 되는 공사였으나
방바닥 다 뜯어
강관 전부를 갈아야 한다고 속여
연탄보일러 굽혀진 매듭 너트 하나만
새로 바꾸면 되는 것을
보일러를 통째 갈아야 한다고 속여

그렇게 번 돈으로
밤마다 술 마셨다 술맛 꿀맛이었다
노세 노세 젊어 노세
늙어지면 못 노나니
그러다가 술집 여자 두들겨패고
집에서는 마누라 두들겨팬다

다음날은 누구네 방바닥을 뜯어낼 것인가
화곡본동
화곡 1동
화곡 2동 뜯어낼 곳 많기도 하다
천벌을 받을 놈! 하고 욕하지만
절대로 천벌을 받지 않았다
천도무심(天道無心)으로 강추위 쨍하다

술맛 꿀맛이다

이종찬 장군

6·25사변 때
가장 존경받던 장군
마구 들어먹지도 않았거니와
마구 쏘아대지도 불태워버리지도 않았다
육군 장교들이
저마다 무능한 양심으로 돌아갈 때
거기에서 만나는 이종찬 장군

그러나 샴왕국 코끼리가 표범에게 졌다

괜히 유정회 국회의원으로
한동안 입 다물고 앉아 있었다

장군은 전투를 지휘할 때가 신성하다
젊은 독립군 김좌진 장군도
전투 현장에서 멀리 떨어져 있었지만
6·25의 한 전선 김종오 장군도
멀리 떨어져 있었지만

장군은 육군 본부에서가 아니라 높은 자리에서가 아니라
야전의 작전지역에서 가장 신성하다

유진오

일본제국 헌법과 독일 바이마르헌법을 본떠
법률유보 아래 자유권을 두어
양원제
의원내각제로 원안을 만들었다
이른바 유진오안
그러나 이승만은 대통령중심제
국회 단원제로 뜯어고쳐
사실상 제헌헌법은 누더기 개헌으로 시작되었다
그것은 초안을 고친 것이기보다
헌법 전문위원 유진오나 권승렬을 뛰어넘어
이승만의 전횡이었다
그 전횡은 그것으로 끝나지 않았다

아 대한민국 헌법만큼
남루한 세월을 살아온 것도 없으렷다

그럼에도 대한민국 헌법에는
본래의 알속 빠진
유진오의 이름이 따라다닌다
소설가
대학총장
야당총재
그리고 대통령후보가 되기도 한다
한동안 프랑스 요리도 즐기면서

막걸리를 통 몰랐다

곱게
곱게 마고자 입고
등줄기 서늘히 등의자에 앉아 있었다
한 사람의 귀족이 된 이래
그의 중년 이래 저 건너 가난을 잘 몰랐다

신상초

키 훤칠타
목청 걸걸타
글 거칠거칠
술이야
제사도 잊어버려

서북지방의 기상 있다
서북이란
이 나라 계몽의 본거지였다

오랜 반골의 기질이 문화를 불러
근대 계몽에 돛 올려
1920년대부터
국내 자립주의
1950년대부터
서구적 계몽
혹은 미국적 실용주의 돛 올려

거기에 신상초라는 전주가 서 있었다
때로는
전선이 끊어진 채
비판을 거두고
충복이 되어
입 다물고 유신정우회 국회의원으로

차 타고 다녔다

눈빛 이글이글타
추운 날 긴 얼굴
한대 얻어맞은 듯 얼얼타

최정호

그는 항상
이 이상은 없다는
이 이상
아름다운 것은 없다는
그 아스라한 완성에 다가가고 있다
모든 미완성의 질곡을 떨쳐

르네쌍스적인가 만발한 꽃밭
여러 종류의 꽃밭

또한 그는 머나먼 별
아니 보이지 않는 별까지 기념하기 위해서
이 세상에 태어났다

이 세상의 카라얀
그 지휘봉의 어느 한순간과
그 초대에 응한
그의 관념은 하나였다

그는 더블 상의를 벗은 채로도 정장이다
그에게는 어떤 갈매기 항구보다
항구의 전망 좋은 밤의 야회이다

진정코 고급이 여기 있다

신선시

허난설헌
그녀가 남긴 시 2백13수 가운데서
그녀가 써서
다 태워버리고 난 뒤의
시 2백13수 가운데서
속세를 떠나고자 노래한
신선시가 1백28수나 된다

나이 27세로 세상을 떠났으나
그녀의 시심이 껴안았던
고통은 너무 길었다
친정집은 역적으로 몰려 오라비 봉도 비운이었고
아우 균도 귀양살이

아름다운 여인에게는
아름다움이 어디 공짜더뇨
혹독하게시리 고통을 주어
아름다움은 차라리 죄

그래서 세상은
고통으로 핀 노래를 읊는다
명나라 시인들이
난설헌집을 간행하여 극찬하고

그뒤로
일본 시인 분다이야(文台屋)가
간행하여 애송하였다

신선이란 무엇이던가
신선시란 무엇이던가
한 여인의 고통이 낳은 구름조각 아닌가

이규태

1930년대의 아이
1940년대의 어린이 그대로 촌사람이다
진안 장수
산골 촌사람이다
그런데 지구의를 돌려보아라

지구의 어느 구석
거기에는
반드시 그의 발자취가 있다
심지어 네팔 카트만두의 한 초밥집에도
그 초밥집 주인 성씨 김(金)이
한국 김씨의 한 가닥임을 뒤져 뒤져 밝혀내는
그의 발자취가 있다

그래서 한반도 천년의 삶
켜켜이 쌓인
그 먼지투성이 가운데서
이윽고 한 마리의 새에게 날개를 달아준다

투박하기는 막걸리 뒤의 모주인가
대학도 제대로 다닌 적 없이
전후 클래식 플레이어이기도 했다
그뒤로는 일선기자로 논설기자로
사실과 상상을 묶어버려

어느 것이 상상인가

어디까지가 이규태인가

오충일

작달막한 키
그래서
그가 지는 지게도 작달막해야겠다
확성기 부흥대회도
웅성대는 기도도 아니다
쏙 뽑혀진 첨탑도 아니다
이를테면
그의 마음속이라야
금강 하류로 넓어지며
회부여니 바다가 열린다

감옥을 잠깐씩 드나들어도
투사가 아니다
허허허
마을 유지처럼
언제나 수수한 헌옷의 목소리였다

허허허 어서 오시오
어서 오시오
누구라도 환영하기를
그런 잔치 차려
흔한 예장도 기장도 아니어서
복음교회에 속해도
여기도

저기도
허물이 없다

그 좁쌀눈 웃음 가득히
허허허

정경모

한 시대에 망명가가 없으면
그 시대는 죽은 시대임 .

미국 남부 에모리대 그만두었다
일본 토오꾜오에서
전공을 바꿨다
아니 그의 가곡은 절창이었다
그러나
그의 논설은 더욱 절창이었다

바로 그것이 그를 남한의 금기로 만들었다
세월이 가도
그의 칼은
방금 숫돌에 갈아서 썸뻑 피가 난다

아무래도 그는 동남아시아
서남아시아 대나무 같아서
사나운 가시 달린 대나무 같아서

뜻있는 몇사람만이 함께 있다
그런데 왜 그는 여운형만인가
이것이 그를 고독한 정치 낭만주의자로 꽃피워 적막하여라

김정한

그의 억센 손아귀엔
억센 밧줄이 쥐어져 있다
죽어야
그 손아귀 펴
밧줄이 놓여날 터

그의 중편 단편 들이
살아 있는 한국 리얼리즘의 모형이라면
모형이란 예스러워야 한다
사실인즉 그의 사상은
예스러운 규범이었다
원시유교 혹은 동양유물론

죽은 뒤는?
죽은 뒤 무엇이 있어? 없다!

낙동강 하류는
낙동강 전체와
낙동강 유역 전체를 감당한다
그것뿐 아무것도 없다!

그의 걸걸한 말투 다음으로
신념이기보다
그의 고집

아무리 벗겨도 벗겨지지 않는 바닷가 소나무껍질 같은
그 고집

김승경

앞과 뒤 잘라내어
가운데 토막으로만 태어났지 아마
마음속에
막 우렁차게 타오르는 화톳불

본디 천안 씨올농장 함석헌 옹 섬기다가
함석헌이라면
침 튀며
죽어라고 규탄한다

그 개새끼
그 개새끼 하며

그래도 서울에서 반독재 집회만 있으면
한쪽 다리 절며
천안에서 달려오는 사내

본업인 진료도
집안도
돌볼 생각 없이
그렇다고 집회의 꽃도 잎도 아니었다
그저 거기에 참석하는 것
그 집회 뒤
소주 만취의 행복이 다였다

한쪽 다리 절며
술 취해서 안경 잃어버린 채

유원식

식민지시대
혁명가 유림
무정부주의자 유림에게 아들이 있었다
육군 대령 유원식
유들유들하다
괜히 도발적이다

그가 허울뿐인 대통령 윤보선을 맡았다
장면을 타도하는 데는
윤보선의 뜻도 끌어들인 셈인가
마침 장면 내각을
거국내각으로 바꾸라는 윤보선이었으므로

드디어 5·16이 성공했다
유원식은
국가재건최고회의 재정경제위원장이었다
허나
돈 쓰는 것 말고는
돈 살림을 알 리 없다

무식하게 대담하게 화폐개혁을 단행한 뒤
개혁 전의 화폐를 헌 계집
새 화폐를 아다라시 기생 같다고 말했다가
그런 뒤 밀려났다

뚱뚱한 몸에
놀라는 체중기 바늘 후드득 떨어댔을 뿐
그는 어디론가 밀려나
유신체제 울타리 밖에 빙빙 떠돌았다

문익점

구레나룻 잔잔하였다
턱수염 부풀어
수염 끝이 바람에 움직였다
원나라에 다녀오는 길
들키면 죽어야 하였다
목숨을 걸고
원나라 목화씨 몇개
붓뚜껑에 숨겨가지고 왔다

그 씨앗을 가슴 두근거리며 두메산골에 심었다
장인과 함께
몇해 만에 목화재배에 성공하였다

그리하여
고려말 백성에게
처음으로 무명옷을 입혔다
솜옷을 입혔다

부여
고구려
백제 신라 이래
뭇 백성들 오고 가는 동안
어떻게 살아왔던가
왕이나 귀족은 비단이었지만

장수는 무두질한 가죽이었지만
백성들이야 삼베 나부랭이로
긴긴 겨울
어떻게 살아왔던가
거기에 솜옷이 왔다
함박눈 같은
할머니 함박눈 같은
솜이불 왔다

박맹호

충북 보은의 대토지 소유자의 아들
한민당 계열 야당정객의 아들
그러나 아버지한테
돈 한푼 받지 않은 채 아내의 약국 하나 믿고
덜렁 출판사를 차렸다
무교동 연다방에서 편집 토론을 하고
점심은 짜장면이었다

그렇게 시작해서
현대한국문학 및 지식 총체 항로의 등대가 섰다
청진동 시대
관철동 시대에 이르러
그의 민음사는 화려한 축제였다

발상에서 행동 사이에 거의 틈이 없다
그에게는 우수까지도
기업이 되었다

최소한 80년을 진부하지 않는 신록과 단풍이리라
마른번개 가득한
그의 나날을 지나

박철웅

제주—서울 국내선 여객기 창가 좌석에 앉으십시오
제주해협 서쪽으로
오후의 햇빛 눈부셔
무인도 관탈봉 위를 지날 것입니다
관탈봉인지도 모르게 눈부셔
그러다가 추자도 두 섬인지도 모르게 눈부셔

다만 저 아래로 바다는
어쩌다가
어쩌다가 희끗거리며 보이는
하얀 파도로서
무척이나 오래 고적하겠지요

어찌 사람이 그럴 수 있겠습니까
이런저런 생각에 오락가락하다가
선뜻 바다는 없어져버리고
전남 일대의 저물기 시작하는 황토 야산입니다

오른쪽으로 얼핏
무등산인가
무등산 밑
하얀 조선대학교 건물이 내려다보입니다

해방 직후 이 고장 사람들이

쌀 한 되
보리 한 되 내놓아
그야말로 향토의 민립대학으로 문을 열어
젊은 이돈명이 제1회 졸업생이었던가
그러다가 조선대학교는
총장도
이사장도 박철웅이었습니다

바야흐로 조선대학교는
박철웅의 나라였습니다 하오리 입었던 야망의 나라였습니다

전체 교수 다 운동장에 모여라
체력단련이다 체력이 약하면 정신력이 약하다
한 바퀴 돌아라
두 바퀴 돌아라
아닌밤중에 육군 신병훈련소였습니다

어느덧 그 조선대학교도 지나쳐
답답한 김포공항에 내리는 시각입니다

박철웅

1977년 가을 서대문구치소
나는 부소장 면담하러 가는 복도에서
와
입 떡 벌어지는 미남자를 만났다
연행 교도관의 말인즉
사형수 박철웅이었다

형제들이 짜고
인사동 골동품상 '금당' 주인네와 그 운전사까지 죽여
파묻은 아우 박철웅이었다

사형수인지라
감방 안에서도
늘 수갑을 차고 있어야 한다

상큼한 미소
우아한 거동이라
틀림없이 주연급 영화배우인데
그의 삶 어디에
이 끔찍한 범죄의 씨가 싹터
그 미남의 몸을 거름 삼아 자랐을까
넥타이공장 사형집행장 뒤
지하실 바닥에
눕혀진 그의 시체는 선도 아니고 악도 아니었다

목요상

대통령 긴급조치 제9호의 시대
흑암의 시대
그 흑암 맞서
사법부의 기상을 떨친
한 판사가 있었다
끝내 법복을 벗었다

어느 시대란 어느 인간을
서론에서
각론으로 옮겨놓는다
그 각론을
사법부에서
입법부로 옮겼다

그러는 동안 이 나라의 사법부는 없어졌다
대법원장실에는
역대 대법원장의 사진 대신
임명권자인 대통령의 사진 하나 덜렁 걸려 있었다

목요상
그는 국회의원이 되었으나
더이상
지난날의 기상은 떨치지 않았다

인간은
한 번만의 절정에서 내려가는 것인가

만일계

신라 하대 강주땅
남강 기슭에서
사내 몇십명 모여
이 세상은
다른 사람들에게 맡겨버리고
그들의 뜻을
해 지는 서쪽 아득히
10만억 국토 지나 아득히
거기 극락에 두었다

나무를 베고
흙을 이겨
아미타불을 모신 미타사를 세웠다
그로부터 1만일이 되는 날
결사를 이루었으니

일러 만일계라

신라 경덕왕 대라
왕도 자주 바뀌고
국법도 자주 바뀌어
이 세상은 진작 거덜이 났다

이 세상이 그럴수록

저 세상은 더욱이나 더더욱이나 찬연한 것인가
만일계 사내들이야
두루 몸마다
벌써 석양머리 금빛 후광인가

박목월

청록파 3인이라
조지훈
박목월
박두진이라

타고난 서정파라
인생파라
'구름에 달 가듯이
가는 나그네'

일제시대는
형산강 기슭에서
금융조합 다니느라
긴 포플러길을
자전거 타고 다녔다

발은 유난히 크고 미욱했지만
손은 두꺼웠다
눈은 늘 서늘
시는 연필로 썼다

그러다가 대통령 부인에게
한동안
매주 한 번씩

시 이야기를 들려준 일로
시인들
시집 낼 돈 얻어
여러 시인들 시집 냈다

시집 뒤에는
어느 고마우신 분의 도움으로
이 시집을 냅니다라는
팻말이 박혀 있었다

그뒤 그녀 죽은 뒤
그 전기 써서
동작동 무덤에 봉정했다
딸 근혜와 함께

아마 그 전기 밑글은
싼 원고료 받고
박재삼이 썼다던가

미리 묻힐 데
부인과 함께 정한 뒤
먼저 묻혔다
묻혀
달에 구름 가는가 구름에 달 가는가

고상돈

히말라야 에베레스트 정상에 태극기가 꽂혔다
스물아홉살의 사나이가
그 태극기와 함께
그곳에 서 있었다

힘만이겠는가
뜻만이겠는가
운명만이겠는가

그 정상은 지상이 아니었다
몇만년 이래
모든 사람에게
그 정상은 천상이었다
지상에서는
먼 옛날 10대 소년 주몽이 죽음을 무릅쓰고 도망쳐
해씨에서
고씨로 성 바꿔
풀지붕 띳집궁궐로 나라를 세웠다
고구려 동명왕이었다
그런 뒤 오늘에 이르러
고상돈이
에베레스트에 오른 것
이제 그는
더이상의 일이 없어야 한다

동북아시아 한반도의 태극기들이
에베레스트 정상의 태극기와
함께 휘날리는 동안
휘날리다가
바람 자면
한동안 휘날릴 줄 모르는 동안

정태기

신언서판(身言書判) 백점
잘났다
일러 장부라 할 만하다

정태기

때로는
마치 19세기 말 프리메이슨 중간 우두머리와도 같다

무겁고
넓고
두들겨맞아도
볏섬처럼 툭툭 두들기는 소리만 난다

각박한 유신시대 해직기자 룸펜으로도
항상
만족한 기업가인 양 너털웃음 넉넉하다

프리메이슨에서 이탈한 뒤라면
그의 지성은 지식보다 의리로 꽃필 터

아무도 알지 못하는 사이에
만(灣)에는
밤 밀물이 가득히 출렁거린다

거기에 그가 서 있다

정태기

이희승

키가 작아
서울의 북악
남산
낙산
아니 인왕마저
함께 키를 낮춘다

곱게
가을 햇볕에 물들어
곱게 곱게
쪼글쪼글한 대춧빛
그 대추 속
단단한 씨들이
그의 호주머니에 들어 있다

평생 욕도 못한 입
화내거나
떠벌리거나 해보지 못한 입에
밥 한 숟갈 넣어
50번은 씹어 넘긴다
딸깍발이 선비라 하지
모두들
딸깍발이 선비의 나막신이라 하지
모두들

그는 모국의 말과 글에 파묻혔으나
무슨 큰 학문이나
큰 사업도 없이
더러 시조도 썼고
벙어리 냉가슴
수필도 썼다

어김없이 반독재 반열에 은근히 이름을 올렸다
세상 떠날 때도
요란한 기적소리 없었다
보리밭 노고지리도 울지 않고 적적했다

고선지

저 파미르고원을 넘어
힌두쿠시를 넘어
아흐 숨막혀라
천룡도 번쩍 뽑아들어
아라비아사막 사라센제국과 맞닥뜨린 사람이 있다
그가 고구려 포로 유민의 자식 고선지였다

당 현종은 장안 가까이
화청지에 납시어 자욱한 연꽃 바라보며
황금 술잔을 들어올리는데

바로 그 시각
먼 서역의 고선지는 모래바람 속에서 싸우고 있었다
그의 천리마 비지땀 번드르르 흘리며

김종철

대학 국어국문학과 출신인데
영어영문학과 출신 같았다
하기야
해직언론인이라
알렉스 헤일리가 대신 쓴
말콤 엑스 자서전을 번역해야 했다
에리히 프롬도
콘도 번역해야 했다
그러다가 문학평론도 한번쯤 시도했다

그 단단한 체구
아무리 폭음이더라도
다음날
오뚜기로 서 있는 체구

그의 열정은 반드시 배타적이다
아나 나 잡아가거라 순순히 검거되지 않는다
훌쩍 담 넘어 달아난다

여기저기 숨어서
그는 태연히 책을 읽는다
그의 노래는
당장 혁명이 일어날 듯한 노래이다
그의 지칠 줄 모르는 말은

당장은 아니지만
내일모레쯤
혁명이 일어날 듯한 말 듯한 말

그는 압축된 공기로 된
팽팽한 공이다
가장 세게 찬 공이다

낭만 아가씨들

저녁 무렵 종로 1가 양지다방 뒷골목은
나의 골목이었다
너의 골목이었다
거기 낭만에 가야 했다
거기 가면
머저리부터
샌님부터
간나이새끼까지 다 와 있다

이 나라 70년대 인쩰리겐찌야의 술집 낭만

안주는 두부김치가 제일 푸짐했다
저쪽에서
맥주 다섯 병이
이쪽으로 건너오기도 한다
술 인심은
세계 제일

통행금지 시간 직전 밤 열한시까지였다
그 이후로는 어디로 가나
아가씨들은 거의 아리따웠고
거의 술꾼 몇은 단골 아니면 야릇하게 친구였다

그 아가씨들의 은총을 입어

간나이새끼까지도 빛났다
맥주 다섯 병부터는 셀 필요가 없다
빈 맥주병의 권위야말로
낭만의 명예였다

광주 조아라

숨찬 말투였다
말이 끊겼다가
이런 실례가 어디 있느냐는 듯
바로 이어진다

호남의 처녀
호남의 여성
그리하여 호남의 할머니가 되는 동안

그의 기독교 여성운동
그의 인권운동은
제대로 걷지 못할 때까지
아니 집 안에서
누워 있을 때까지 이어져

척박한 시절
가난한 학생이 찾아가면
반찬이 많은 밥을 사먹였다
찾아가지 않은 학생의 안부까지 물으며

현장 속에 있으므로
신념은 깊었으나
이론이야 갖출 턱 없다
이론을 좋아하는 시절의 낡은 결핍

차순이

완행열차 달리는데
그 차 안에서
낳은 딸이라
차순이라
열여섯살까지는 우물 두레박질에 이골이 났지
하마터면 두레박째 빠질 뻔한 때도 있었지

지네 많은
집 뒤란에서
여러 번 놀란 뒤
어머니한테 편지 써놓고 떠났지
어머님 성공해서 꼭 돌아오겠습니다

무작정 상경
완행열차 달려서
서울역이었지
그러나 천만다행으로
도동이나
종로 3가로 넘겨지지 않아

버스 차장으로
서울역 청량리 사이 버스가
그의 직장이었지 억척이었지
오라잇! 하고 손바닥으로 버스 몸통을 탁 쳐 버스 놀라지

뭐든 하나둘 있다 없어지는 세월
종로 3가 사창가가 몽땅 없어졌지
이어서
버스 차장도 없어졌지

1975년이 다한다
차순이
너 어디에 있느냐
짜장면 40원짜리가
50원짜리로 올랐다
너 어디에 가 있느냐

대왕암

경북 월성군 감포 앞바다
물속의 왕릉
대왕암

백제를 치고
고구려를 친 문무왕이 거기 묻혔다
살아서는
왕자로도
왕으로도 싸움밖에 몰라야 했다

죽어서야 비로소 일본 쪽 내다보일 난바다 파도소리에 덮여 말 없다

김윤수

세상 뒤에 있는 사람
어쩌다가 세상 앞에 나와서도
뒷자리에
어설프게
어설프게 앉아
아무런 소리 내지 않는 사람
그의 손아귀 힘 하나 천장에 매달아두고

그런데 말이야
그의 고적함과
그의 잔물결 같은 겸손함 아래에는
무서운 짐승이 잠들어 있다
혹은 벙어리인 마그마

그의 미학은 가만히 까다롭다
완벽한 것
완전무결한 것
그런 것을 고야의 그림에서라도 찾는 것인가

한여름 선풍기조차 멎어
더운 날
그가 심심하게 앉아 있을 때는
파리들도 가만히 앉아 있다
손발 비비며

김병곤

한일굴욕외교 반대의 6·3사태
그로부터 10년 지나
1974년 봄 새학기
들불로 번진
반독재 민주구국선언으로 달구어
세칭 전국민주청년학생총연맹사건이 터졌다

서울대생 김병곤
그 사건 주동자로
비상보통군법회의 공판에서
사형선고를 받자마자
"영광입니다!"
라고 외친 사람

저기서는 술집 단골
여기서는 감옥 단골
정치가 죽은 시대였지만
세계 어디에도 알려지지 않은 채
그는 살아 있었다
긴 겨울 하얀 눈에 탄
검은 얼굴로 살아 있었다

청계천 뚝방 홍씨

1972년 7·4 남북공동선언 발표 이래
북한 수상 박성철이 왔다
청계천 빈민가를 보자고 했다
바로 그곳이었다

청계천 더러운 물 위
6가 7가 뚝방동네
그곳의 한 집
세대주 홍씨는
날마다 다친 짐승으로 욕을 퍼부어댔다
개인 날이나
흐린 날이나

니기미씨팔
니기미씨팔
아니면
칵 뒈져라 이 새끼야
칵 뒈져라 이년아

그런데 오늘은 누구한테 퍼붓는가
비 오는 날
한미 악수하는
씨멘트 포대 종이 덧바른
삐걱대는 지게문 열어놓고

혼자 벌렁 누워
천장에 대고 퍼붓는다
니기미씨팔

김지하

70년대 김지하
한국의 도처에 그가 있었지
세계의 도처에 그가 있었지
드디어 감옥 7년
그 7년은 70년이었지
그의 감방 앞에는
볼품없는 화분 하나 놓여 있었지

그 무상대도 젊음 다 바쳐

성삼문

어린 임금 복위하려는 거사 서투른 거사
끝내 탄로되어
임금의 숙부인
새 임금을 죽이기로 한 거사
함께 모의한 자의 밀고로
끝내 탄로

아버지 성승 등 무신 유응부 등
박팽년 이개
유성원 등과 붙잡혀
모진 고문을 당하고도

새 임금을 임금이라 부르지 않았다
새 임금이
무쇠 달구어 다리를 태우고
팔을 잘라내고
등짝을 지져댔으나

눈 하나 부릅떴다
그 고통은 무엇인가
그 의지는 무엇인가
그런 중에도 연루자 강희안을 변호하여
죽음을 면하게 함은 무엇인가

아버지 성승 이개 하위지 박중림
김문기 유응부 박쟁 등과
네다리 매어
찢어버리는 사형 집행

어디 그뿐이겠는가
아우 삼빙 삼고 삼성도 사형
아들 맹첨 맹년 맹종
그리고 갓난아이
아직 이름도 짓지 않은
아기마저 사형으로 죽어
그 일가가 자취 없다

일찍이 세종의 집현전에서
한글 창제에 참여한
조선초의 눈부신 반달이었다
보름달에 이르지 못한 반달 그것이었다

소년수

서울 서대문 감옥
7사는
감방 안에 변기통 있어
하루 한 번씩
사흘 한 번씩 내다 비운다
비운 변기통이
다른 감방의 그것과 바꾸어지기 일쑤

2층 서북쪽 사방은 소년수 감방이다
한 소년이
0.9평짜리 감방 안에 서서
자꾸 한 손을 움직인다
건너편 동남쪽 사방의 양심수가
문득 그 광경을 보았다
담당이 저쪽으로 간 사이 말을 던졌다
너 뭣 하냐?

손 굳을까봐
손 놀려요
나 명동 소매치기이니까
1년 8개월쯤 살고 나갈 때까지
손 굳어지면 안되지요
아저씨 시인이라죠?
요담에 나가서

만년필
근사한 걸루 하나 꺼내다가
드릴게요
좋은 시 쓰세요

나야 입 다물고
그의 진지한
손놀림을 바라보았다
저래야 한다
저래야 한다
소매치기에도
저렇게 놀 줄 모르는 정진 있어야 한다

만
인
보

11

萬
人
譜

박정희

그가 태어난 고장
선산 도리사 밑 밭두렁에는
캐내지 못한 바위가 박혀
혼자 거무튀튀하다
그 바위를 닮아야 했다
여름 햇볕이 쨍!
그는 그렇게 거무튀튀 척박했다

일본 육군의 모범장교였다 천황의 금시계 받았다
좌익이었다
좌익을 팔아넘기고
우익이었다
기구한 육군 소장으로
쿠데타를 일으켰다

녹슨 쇳소리
그의 파쇼는 성난 독사였다
탄압과 건설이
행여 뒤질세라 마구잡이 솟구쳤다

모든 곡선들은
되풀이 5개년계획과 함께
새마을 슬레이트지붕
고속도로의 직선으로 교체되었다

남부 동해안 울산공업단지
포항제철
그가 태어난 고장도 공장의 도시로 교체되었다

1970년 초 서울에는
쉬쉬쉬 소문이 떠돌았다
박정희 육영수는
총 맞아 죽을 운명이라는 것

어느덧 춘궁기 보릿고개가 사라졌고
전란 이후
휴전선 이남의 산야는
천박한 근대화 조국 근대화
개발의 나라
성장의 나라였다 가발공장에서 원자로였다
그런 어느날
쉬쉬쉬 또다시 소문이 떠돌았다
감옥 지붕의 비둘기들이 우르르 날아오르며

오윤

한번 부릅떠보지 않은 눈
한번 소리치지 않은 입
한번 불끈 주먹 쥐어
날려보지 않은 손

하루 내내 말 한마디 없이 시들은 듯 살았다
그러나 그 매서운 눈에
드높은 하늘 따위 담지 않았다

가난한 아낙 가난한 사내 새겨
작은 흑백 판화로 찍어냈다 전율이었다
그러기 전에
그의 그림들에는
때로 신들린 무당이 어른거렸다

착한 사람 이상으로
착한 짐승이었다
그로 하여금 한국 휴전선 이남에서는
70년대 후반 이래
저벅저벅
민중미술이라는 말이 걸어나왔다

이윽고 그 민중미술은 걸개가 되어
그 아래 싸우는 젊은이들이 웅성웅성 모여들었다

오준

아버지 오영수는
소박한 인정을 그려내는 단편 작가였다
만돌린 반주로 노래하며
서귀포 70리 물새가 울었다

그런 아버지가 만년에는 한발 헛디디었던지
이 나라의 한 고장을 모독하였다
그 고장 사람들이 들고일어났다

그뒤로 그런 아버지의 아들 가운데
하나는 묵묵히 판화를 만들며 땀에 젖고
그 아래
하나는 아예
아버지가 모독한 고장으로 가서
다 때려치우고
논밭 일꾼이 되었다
아내와 자식까지 데리고 가서

아버지의 죄를 대신 뉘우친다며
전북 김제의 어느 농가에 뿌리내린 뒤
그곳 느린 말씨 익혀
가을 들녘에서 새를 쫓았다
휘이휘이

문익환

70년대 이래 한반도에서
가장 어린 사람
이어서
80년대 이래 한반도에서
가장 젊은 사람

대지는 순정이기에 때로 과장된다

70년대 이래 한반도에서
가장 순정의 사람

의식이라든가
정신이라든가
이런 것이 아니었다
행여나 행여나 떨리는 영혼 그것

60세 따위 70세 따위는 나이가 아니라구
감옥이나
감옥 밖이나 너무 똑같아
감옥이 아니라구

바다는 때로 스승이 아니다

그는 아이들한테도 배우고

누구한테도 배워
온 세상을 사랑으로 채워
벌써 물이 넘친다

그는 군법회의에서 군검찰 꾸짖을 때도
그것이 노기가 아니라
알고 보면 넘치는 사랑이었다
알고 보면 모자라는 잔치였다

조지송

서울 영등포 도시산업선교회를 연 사람
시민아파트 밑층 빌려
교회가 목적이냐
노동자가 목적이냐
그것을 따지지 말아라
공장 처녀들이 하나둘 모여들었다

부드럽고 허약한 얼굴이었다
하지만 그의 하루는 굳센 하루
권력과 싸워
노동자들의 교회를 지켰다

빨갱이다 빨갱이다 하고 몰려와도
그는 그의 뜻 저버리지 않고
공장 처녀들의 꿈을 저버리지 않았다

한 해 한번쯤 외국 지원기관의 목사가 오면
그 목사가 투숙한 호텔에 드나드는 것
영 어색하였다
호텔 수위가 그를 막았다 웬 촌닭이냐고 막아섰다

말소리 속삭이는 듯
걸음걸이 서두를 줄 모르는 심심파적인 듯
그의 허술한 잠바 입은 가슴속 깊이 박힌 의지가

겉으로 나오기까지는
언제나 쓸쓸하다

이창복

아주 이름난 대학 나와
이름난 직위로 살 수도 있으련만
치악산 쳐다보지 않고
치악산 기슭 개울이 흐르는 데
그 개울을 잇는 다리 밑을 내려다보았다

어느날 집을 뛰쳐나가
그 다리 밑 거지로 들어가
거적 덮고 자고
누더기 입고 구걸에 나섰다

그러다가 한 천주교 주교를 섬겨
그 뒤에서 보이지 않았다
그가 하는 일은
항상 사람들이 모르는 일이었다

스타 아니다
스타 아니다

그러다가 원주에서 서울
서울에서 원주
주는 직책이면 다 받들어

60년대 통혁당사건 이래

온갖 수고 다 받들어
감옥만이
거울 없는 감옥에서만
그가 그 자신의 얼굴을
볼 수 있었다

앞장서지 않았으나
다 떠나면
할 수 없이 앞장섰다
몸에 살 붙지 않은 채
소리도 크지 않은 채
단정한 어깨 텅 비어 마른 몸이었다

무교동 목포집

입안 가득히 얼얼하다
위장 가득히 얼얼하다
위장에 이르기까지
식도 줄기 얼얼하다
미워라 미워
고춧가루 범벅 낙지볶음

왜 그렇게도 밉고 매워야 했던가

소주 서너 병 털어넣었다
위장 가득히 카! 알딸딸

왜 그렇게도 가혹해야 했던가

70년대 지식인이란
이따위 무지막지한 자극 없이는
그들의 변명이 모자랐던가

무교동 동쪽 골목 목포집
그 집 낙지볶음이 가장 매웠다
소주 한잔에
통렬한 시뻘건 낙지볶음 한점
왜 그렇게도 독재는 끄떡없고
낙지볶음은 잔인하도록 행복했던가

캠프 레이건 입구

경기도 포천
미군부대 캠프 레이건 입구는
휴전 이래 번성했던 기지촌이었다
바로 이 기지촌이 폐허가 되었다
캠프 레이건이 떠났기 때문

그 기지촌 양공주들의 우두머리
리타 김
한국 이름 김옥숙

백인 사내 몇백명
흑인 사내 몇백명 상대해주고
캠프 레이건 기지촌 부녀회장이 되어
양공주 지도자에다
포천군 기관장이었다
군수의 표창장 감사장이 벽에 가득
'조국근대화에 기여한 공로로······'

미군이 떠난 뒤 한국군이 왔다
양공주들 떠난 뒤
구멍가게 몇개 남아
혼자 남은 김옥숙이 폭삭 늙어 병들어
사내새끼란 좆 하나밖에 없는 치사한 물건들이라구
이런 욕지거리조차 그만두었다

김관석

1960년 '하나님의 선교' 선언은
교회의 선교
개인 구원의 선교 뛰어넘어
온 세상을 대상으로 삼는 선언이었다
너무 컸던가

1968년 5월에
한국기독교연합회 총무 김관석
바로 '하나님의 선교'로 나타났다
신학에서 현실로

이 늘씬한 신사가
항상 정중동으로 나타났다
이 과묵한 목사가
항상 동중정의 투사로 나타났다

70년대 내내 유신반대의 교계를 맡아
구두 뒤축을 몇번이나 갈았다
아내도
아들도 며느리도 다 함께 나서서
싸움보다는
싸움 말리는 듯
그런 화해의 투사로 나타났다

이마 넓게 벗어져
내리꽂히는 햇볕을 팜플렛으로 가리고 앉아

성내운

가령 충남 계룡산 갑사 위 산중에서
방금 잘못 내려와
어릿어릿한 산양인가 하면 아닐 터이지

아니 전생에는
새끼 많이 낳은
큰 암소인가
늙어서도 소리 하나 좋아
암소 우는 소리 가득한
금생의 마을인가 하면 아닐 터이지

방금 잡혀온
늙은 거북도 아닐 터이지

악이라고는 통 몰라
교육학 으뜸이다가
그 교육학 덮어버리고 학문 때려치우고
어린 정신박약아 가르치는 사람이 되어
뿔테 안경 속
그의 지선의 눈 가만히 담겨 있어도
정녕 그 무엇도 아닐 터이지

그런 사람이 시 읽어
죽은 시마저 갇힌 시마저 다 뛰어다닐 줄이야

사슴

서울 종각 뒤
맥줏집 '사슴'
불행하기로는
기구하기로는 다할 수 없어
아름다운 이인숙이 연 사슴

여기에 오지 않은 작가 없다
여기에 오지 않은 교수 없다
심지어는
여기에 오지 않은 지식인 없다
심지어는
여기에 오지 않은 위선자 사기꾼 없다
여기에 오지 않은 보수주의자 없다

지난날 진보당이었다가
돌아선 윤길중도
노재봉까지도

50년대 명동과는 달리
고려대 왕학수
정음사 최영해
동방쌀롱 감잣국 할머니집과는 달리
어느 만큼 날래어진 시대였다

맥주 열 병 스무 병에 세상을 다 차지하는
맥줏집 '사슴'
음모 사절의 '사슴'

전우

조선 말기의 주자학 이어받아
그 예와 학을
골수 뿌려 지키는
간재 전우

지킨다는 것이 무엇인가
죽음이기도 한가

구한말 의병을 이끌어달라는 간청 고사하고
오직 예학을 지켜
꼭두새벽부터
관과 옷 갖추고
하루 내내 혼자 삼가고
여러 제자
간장인 양 짭짤하게 가르치기를 마다하지 않고

그의 머리에 쓴 말총관에
잠자리 앉아
한잠 자고 간다

더욱 하관이 좁아들어
건기침 큼큼 소리도 작아졌다 세상은 왜놈의 세상인데

강만길

찾아가보게 안암동이나 수유동으로
한국사에 청춘을 부여한 이
청산 그리고 극복
이런 역사행위는 낙조처럼 거룩한 것일 터이지

역사가 과학이지 않으면 안되거니와
끝내 역사가 예술이지 않으면 안되겠지

그리하여 시인이
그에게 기울어져 손을 흔들면
그가 어서 오라 어서 오라
시인과 함께였던가

분단시대의 서울에 그가 있었지
그의 방은
항구처럼 진실과 허위가 하나일 수 없는 뱃고동소리
그러나 철창에 갇혀서도
그는 한국사로부터
한국의 벅찬 오늘을 이끌어냈지

비바람 속에서 누군가가 묻는다
역사는 아름다운 것인가
그의 대답은 아직 없다 안경알을 닦으면서

장만철

서울 한강 이남 영등포쯤에서 태어났던가
한여름 초복 중복쯤
천안삼거리 능수버들인 양
축 늘어져
웃음조차도
축 늘어져
새들도 날아가려 하다가 그만두어야 한다

그러다가 전혀 다른 것이 된다
놀란 가라말처럼
마구 날뛸 수 있는 것이 된다

고등학교 시절에는 니체에 푹 빠져
니체의 어떤 폭력찬양 그대로
마구 남의 집 유리창 따위 깨고
문짝도 부수었다

그러다가 서울대 인류학과 1학년짜리로
김상진 추모행사 앞장서서
너 또한 유신체제 긴급조치 9호 위반이었다

뒷날 영화감독 장선우가 되어
흐느적흐느적 불빛 어른거리는
예술가가 되어 마지않더니

김영초

경남 함양 산천의 산그늘에서 태어났다
지리산 동쪽 기슭인지라

어둑어둑한 뜻이 번져
아버지는 지주의 아들이라
일본 가서 으레 좌익이 되어 돌아왔다

또한 아버지는 가는 데마다
여자를 만나
첫부인 말고 소실이 여섯이었다

그런 소실의 하나를 어머니로 삼아 태어난 계집아이
어머니가 죽자
할머니 품에서 자라났다
영초야 영초야 하면 눈이 빛났다

혁명과 여색으로 아버지는 망해버렸고
아버지의 복잡한 가족들도 망해버렸다
어린 영초 따위야
어느 한군데 망할 것도 없이
비상 같은 재조였으나
간호학교 가서
간호원이 되었다

서독 간호원이 되었다
거기서 줄줄이 아리따운 아들딸 낳았다
어떤 시련도 감당하는 여자이기에
시련이 이어지기도 하는가
하지만 그녀는 나를 남으로 말한다
그녀 자신을

이철구

피난민이었다
끝까지 피난민이기 위해서인가
그가 걸친 옷은
겉이나 속이나 누더기였다
속옷 팬티도 누덕누덕 기운 것이었다

부산 국제시장
좁은 골목 구호물자 옷장수인데도
정작 그가 걸친 것은 누더기였다

하루 내내 시끄러운 시장바닥
그 시끄러움에 넌더리나
집에 오면
아무도 입을 열어서는 안되었다
막내딸조차
입을 열어서는 안되었다

시장에서도
옷 사러 오는 사람 앞에서
통 말이 없다
이거이 한번 입었다가 벗은 새것이라우요
이거이 싸기로 말하면
담배 스무 갑 값이라우요
이따위 수작통 없었다

집에 오면 집 안 아열대 동백나무도 통 말이 없다
멀리 제3부두의 뱃고동소리뿐

딸 셋
마누라
그리고 함께 피난행렬에 끼여 온
홀아비 영감의 문간방도 말이 없다

일찍 불 꺼진 어둠만이 그의 행복이었던가
이철구
그대 태어나 내뱉은 말 몇마디인가
도대체

장홍주

여기 서론이 없다
저기 결론이 없다
본론으로 그의 키 뭉뚝하다
신촌오거리
거기가 그의 마당
정형외과 전문의 장홍주

정형외과 병원 문이 열리면
허리 아픈 사람
다리 아픈 사람
어깨 아픈 사람들이 문풍지 울며 들이닥친다

다급하게시리
차에 다친 사람도 실려와
병원 안이 더욱 뒤숭숭해진다 어질덤벙해진다

의사는 먼저 그들의 친구이다
할머니에게도
아가씨에게도
우락부락한 남자에게도
신사에게도
정겨운 반말

너무 마음고생 마

이 세상은
어차피 누구나 앓는 병이여
너무 병원 좋아하지 마
병원에만 의지하면
제 병 나을 힘이 없게 돼

그러나 환자만 오는 것이 아니다
저녁때만 되면
하나둘 친구들이 찾아온다
고향 친구거나
동료거나
새로 사귄 친구거나

그래서 그의 병원은
병원이자 사랑방
이사 가면
거기까지 따라오는 단골 환자 단골 친구네 사랑방이었다

최인수

그림 그리다가
그림 그만두고
연극 하다가
연극 그만두고
어디로 사라진 사람 최인수

20년대 이래 몸에 살이 더 붙어보지 않았다
세상에서는 파토스보다 로고스로 알려졌으나
그의 내면 깊숙하게
언제나 파토스였다

야릇하도다
집을 나설 때는
반드시 아내를 방 안에 넣어두고
방문을 자물쇠로 잠그어야 한다
저녁때 일찍 돌아와서야
방문을 열고
눈물 마른 아내 부엌에 나가게 한다

이런 의처증일 바에야
이런 의처증에 시달릴 바에야

이범렬

사법부가 정권의 시녀라는 말을 하도 들어
사법부라는 말도
시녀라는 말도 낡아버렸다
뱀이 빠져나간
뱀허물이 잔바람에 들썩였다

1971년 제1차 사법파동
그 최전방에 나섰다
서울 형사지법 부장판사 이범렬

그는
걸핏하면 반공법에 걸어버리는 시국사범을
무죄판결하다가

출장중 숙박비 술값 제공받았다는
엉터리 죄목으로 구속되어
지법 법관 90명이
무더기로 사표를 내고
그의 구속에 항의
사법권 수호 결의를 했다

서울 고법 대구 고법
전국 고법으로 확산
전체 법관 4백55명 중

1백50여명이 나섰다

끝내 그는 변호사가 되어야 했다
오늘의 사법부는
법의 대여업자일 뿐이다라고 딱 한번 외쳤다

차라리 변호사도
그만두어야 했다
황야의 무법자가 되어야 했다

씨노트 신부

서해 섬사람들의 무뚝뚝한 친구이다가
서울의 민주화
한국의 민주화의 친구이다가
박정희한테 쫓겨났다
배를 타면 배가 기우뚱할 만큼 무뚝뚝했다

커다란 대머리에
살구 열려
살구 하나하나가
인혁당 도예종의 넋이런가
이수병 여정남의 넋이런가

껑충한 키 굵은 두 다리에
호박 열려
호박 한 덩이 팔아
동아일보 백지광고 채우다가
박정희한테 쫓겨났다

미국으로 돌아가서도 내내 한국이었다
기도도
미사도 한국이었다
그 투박한 웃음 하나도 한국 민주주의였다

서해의 썰물 밀물

조선 중기는 명나라에의 사대노선이 더욱 확대되었다
정작 명나라는 기울어가는데
조선 사대부들에게는
별의별 사대가 판을 쳤다
그런 가운데
왜 동해안에는 밀물 썰물이 없느냐
서해안에만 있느냐

그것이야 조수의 근원이
중화부터 나오니
우리 서해는 중화에 가까워
썰물 밀물이 있고
동해는 중화로부터 멀리 등져 있으므로
조수가 미치지 않음이라

이렇게 말하자
달이 구름 속에 나왔다
그런 달밤에 개 짖는 소리

기우는 명나라 오시나
일어나는 오랑캐 오나

김부자

주근깨 자욱한 얼굴
웃으면 하얀 이 눈부신 얼굴
영세민 취로사업
밀가루 타기 위하여
어느 사내 못지않게
흙 파거나
보도블록 져나르거나

이름에 부(富)자 들어 있으나
태어난 이래
한번도 부자인 적 없다

뭐?
마음속이 부자면 된다구
어림없는 소리

처녀시절 배고파 자라지 못하였다
겨우 난쟁이 면하여
오다가다 만난 20년 위 사내와
하룻밤 지낸 것이
그대로 가시버시로 되어

유난히 파리 모기 끓는 봉천동
달 가까운 달동네만이 아니라

해도 가까워
한여름 내내 죽어라고 더웠다

일 없는 날은
차라리 낮거리로
온몸 땀범벅이련만
진작 20년 위 사내는 축 드리워져 있을 뿐

어느날도
어느날 밤도
딴생각 품어본 적 없는
김부자 그네

김부자 영감

하늘 받드는 마을 봉천동이라
거기 가보셨나요
1970년 무렵
1971년 무렵
다급한 비탈에는
납작납작
달동네 늘어났지요 다음날 늘어났지요

거기 번지 없는 납작집
그 납작집 사글셋방
한 달에 3천원짜리

끄르르
밥 먹으면 어김없이 가슴 답답한 트림
김부자 영감
마누라는 젊어 미워
괜히 역정만 내어보다가
그 역정도 그만두고
끄르르

그러다가 눈감았다
삼일장이나
5일 만에야 소나무관 구하여
칠성판 졌다

한밤중 남몰래 묻혀야 했다
묻힐 데 없이
묻히는 주검
살아서도
죽어서도 집이 없기는

김재준

바짝 마른 은행 열매인가
아니 백년 전 어느 선승의 사리인가
도무지 깨뜨릴 수 없고
불태울 수 없다

나지막한 키
자그마한 몸
어디 두려운 데 없이
인자하기만 하여

두려움이 인자함보다 훨씬 아래였다

단 한번도 큰소리라고는 낼 수 없는
조용조용한 북관 말씨

그럼에도 수많은 이의 스승
정의보다
자유를 더 높여 섬기던 스승

북간도에서 서울에서 캐나다 토론토에서
미국에서
어디에서
그의 말은 늘 공관복음이었고
공관복음 다음의

사도행전

아니 다윗성서
그리스성서로 변하기 전의
이야기 이야기의 히브리 성서였다
겨울 북관의 한밤중 군불 땐 온돌 식어가며 암탉 꿈꾸며

안재웅

청주 교외에는
조선시대 사고(史庫)가 있었지
거기에 올라가기도 했던 젊은이
떠났던 젊은이

흐린 날
코 믿음직하고
콧구멍 털 믿음직한 젊은이

동서남북 어디에도
원수 하나 없는 사람
웃으면
방금 밥 먹은 듯
배부른 사람

한국기독학생회총연맹 창립 때부터
학생운동에 나서
오재식에 이어
이어
그 살림 맡아
70년대 전기간을 이끌어갔다

그에게는 민청학련사건 중형 따위 흔적이
차라리 군더더기

웃으면
방금 천냥 빚 다 갚은
시원한 사람

한결같이 예수판에
어쩌다 절간 같기도 하다

최민화

지붕 위 박 몇덩이
실컷 익어
밤중에도 하얀 박 몇덩이
그렇게
넉넉한 사람
최민화

핏대 세워 토론하는 화곡동 나의 집에서
그는 넉넉하게 입 다물었다가
너털웃음으로
동지들의 불화를 풀어주었다

그 밑창의 고통 따위 숨기고
허허허

예수를 믿는지 안 믿는지
아무런 흔적 없이
예수 믿어

이런 사람도 있다
잘 드는 칼보다 도끼보다
이를테면 용문산 용문사
천년의 은행나무 뿌리 불거져나온
그런 세월인 양 이런 사내 있다

오태순

살림꾼이 가장 경건한 것이라면
그는 살림꾼이다

낮은 언덕
낮은 키로 서서
스스로
눈에 띄지 않도록 서서

웃어도 웃음소리조차 거의 없이
마치
마치
하루 내내 울다가 멈춘 매미처럼

천주교정의구현사제단의 젊은 신부
조용히 머리 벗어지기 시작했다
무릎 꿇는 것은
마리아 앞에서이고
일어서는 것은
세상 가운데였다

완결된 하루 바람 잔 가을 수수밭이 정다웠다

JP

그의 행로는 30대 김종필을
JP라고 부를 때부터
스타의 행로였다
검은 안경이거나
걸핏하면 빼드는 권총이거나
이 새끼 저 새끼
군바리판에서

거의 유일하게 인쩰리겐찌야의 얼굴이었다

그는 몇개의 말을 만들어냈다
자의 반 타의 반
4월에는 어김없이
T. S. 엘리엇의 '4월은 잔인한 달'을 어설프게 인용하여
4월혁명의 계절이 몰고 오는 거리를 개탄했다

무시무시한
무지막지한 중앙정보부를 창설하고
공화당을 만들었으나
한때는 권력에서 밀려나
서귀포의 일요 화가 되었다
한때는 불려나와
숙명의 제2인자 JP였다

백마강 굽이
느리고 느린 말소리

제주도 서귀포에만 재배하던 감귤을
제주도 전역에 재배하게 만들었다

정녕 1960년대 한국의 30대는
누구는 소시민이 되어가고 누구는 쿠데타에 취해 있었다

나병식

전봇대 키
도수 높은 안경이면 되었다
거기다가
숨차며 말 이어가면 되었다

서울대 사학과 학생
민청학련사건 사형짜리

몇차례나 감옥에서 나오면
마늘장사도 하고
아버지와 아들 사이도 속인다는
꿀장사도 하고
그러다가
양복점 풀빛도 차려보았다

그러다가
출판사 풀빛 차려
이 책
저 책 마구잡이로 내어
그 책더미 속
숨차며 말 이어가면 되었다

나병식
그는 광주가 고향이기 전에 조국이었다

유인태

70년대 초반
대학에서
입에 담을 수 있는 사람은
겨우 슘페터였다
겨우 카를 만하임쯤이었다
답답하기도 하여라 좁은 방 캄캄하기도 하여라

어쩌다가 유인태의 입에서도
그런 만하임이 나왔다
아마도 스무살에 착실히 늙어버렸다가
중앙정보부 수사국
뛰어난 사나이로 젊어버렸다

사형
무기
20년
15년짜리 정치범들
1년도 못되어
우르르 나온 뒤에도
그는 다른 경합범 관련으로 썩어져 나오지 못했다
이현배 김효순 들과 함께

1년 다음 1년 뒤 슬그머니 나와
아예 아버지의 사업에만 기울여

강원도 아니면
경남 어느 산골의 산판에 가서
목재 하나둘 세고 있었다
목재 한 트럭 두 트럭 세고 있었다
이따금 서울에 와도
불 꺼진 골목 감돌아 바로 떠났다
적막한 밤

김성재

한신대 신학생
방금 날아오른 종달새소리 밑
시퍼런 보리밭 이랑
그가 서 있다
한쪽 다리 기우뚱

지난겨울 언 그대로인가
빨간 능금 같은 얼굴에
두 눈이 빛났다

때는 70년대 한국의 오후였다
어디에도 자오선이 없었다
찬바람이 불었다

그는 그의 젊은 내부를 단단히 채웠다
김치 담가
김치항아리에
차곡차곡 채우듯
신학 노트에
사회와 정치로 현실을 채워갔다

그리하여 그는 아직 쓰지 않은 최신무기였다

정붕

조선 중종 시절
도성 밖 장바닥에서는
남녀가 한데 어우러졌다
양반시조도
사설시조로 바뀌어
남녀가 한데 어우러졌다

그런 시절이었다
지난날 친했던 영의정 성희안이
청송부사 정붕에게 서찰을 보내기를
잣과 벌꿀을 보내라 하였다

답찰이 왔다
잣나무는 높은 산봉우리에 있고
꿀은 민가의 벌통 속에 있는데
어찌 부사란 자가
그것을 취할 수 있겠는가

벼슬이란 벼슬 위아래가 다 도적이었는데
이런 사람이 사금파리로
내리막길에 어쩌다 박혀 있구나

답찰을 받은 영의정 크게 뉘우쳐
아이고대고

내 벗이여
내 거울이여 통감(通鑑)이여
옛 친구 정붕을 자자히 칭송했다
정작 정붕이야 두메산골 청송에서
벙어리로 지냈다

그래서 그 밑
육방관속 아전들
우리 부사 진짜 벙어리라고 쑥덕거렸다
아전이
부사 따위 가지고 놀고
얼러대던 시절
차라리 벙어리가 되어야 하는구나

그건 그렇고
청송 주왕산이야
겉보다 속이 오묘해
들어갈수록
이 골 저 골 으슥으슥 오묘해

이선영

말소리 조용조용하였다
거짓이 없다
과장이 없다
하늘에 몇점 구름
무척이나 심심하다
그의 훤한 대머리도
무척이나 심심하다

조선 18세기 정주학의 끄트머리 어디에
이렇게도
잘 녹아서 개울물소리 멀어져가는
한 사람이 간직한 조촐조촐한 명분일 줄이야

사흘쯤 세수하지 않아도
방금 세수한 듯
청정한 얼굴인데
그의 한마디 말인즉
거문고 줄 퉁겨
둥

구창완

이 어여쁜 청소년이
너무 일찍 나서서
소년원 출입하듯이
1년짜리 징역도 살아야 하였지
서울대 불문학과 강의실에서
아득히 수구파 샤또브리앙의 이름도 들어야 하였지

당연히 제적처분 받은 뒤인지라
『대화』지 기자 노릇도 하였지
못 마시는 술 마시다가
내 서재의 방바닥에 토하기도 하였지
대장 결장까지 뒤집어 토했지

그런데 한참 뒤에는
어디 갔는지
어디 갔는지
바야흐로 세상은 열렬해가는데
어디 갔는지

아이들의 구슬놀이 혹은 연날리기 파한 뒤 어디 갔는지

청계천 뚝방 홍씨 마누라

그 서방에 그 여편네인가
막일 나가
잔등 다쳐
방 안에 처박혀 있는 멧돼지 노릇
서방 못지않게

주둥이 언저리 걸쭉하다 그 여편네

아들놈 둘
딸년 셋이나 되는데
학교 근처에는
영 들어맞지 않는 놈들
아들놈이나
딸년이나 하루 거르지 않고

뚝방동네에서
을지로 끝 버드나무집 언저리까지
말썽 독차지
사고 독차지

첫째놈은 일찌감치
서대문구치소 소년수 감방에도 드나드는데
그놈을 시작으로
아들딸 싸움박질로 돌아오면

뭣하러 돌아와
망우린가
미아린가
그 공동묘지 두고
뭣하러 돌아와
어느 놈의 좆배기로 낳은 것들
칵 뒈지지 않고 돌아와
아이고 이 백년원수

그러나 이런 푸짐한 욕쟁이건만
한밤중 요염한 하현달 보고
동네 공동변소 다녀오다가
아이고 저놈의 달 좀 보아
제법 천만년 그리운 임이로세

박도연

제 기분과 조금만 맞지 않으면
마구 매도해 마지않았다
제 의도와 조금만 맞지 않으면
마구 성토해 마지않았다
박도연

자색 구두만 신어도
너 빨갱이지 하고
사찰계 형사가 연행하던 시절
어쩌다 붉은 꽃 어쩌구 노래해도
너 빨갱이지 하고 조사하던 시절 지나
그 50년대 후반 지나

60년대
70년대에도
숫제 그런 반공은 사라질 줄 몰라
자유라는
무서운 근원의 가치가
다만 자색 구두 반공의 의미였으므로
제 노선과 조금만 맞지 않으면
마구 조져대어
온갖 중상을 다 해도 부족해 마지않았다

그래도 세상은 그에게 박수를 아끼지 않는다

그런 세상에서
너도나도 오랫동안 살아오는 일이
어떤 해답도 없는 문제였다

그렇다 문제가 있는 세상은 뒷날 아름답다

엉터리 사주쟁이

제주도 제주 원정통 여인숙 방 하나 얻어
주역
사주팔자에 능통하다는
백운학이라
백운학은 서울 종로 4가에서
큰소리 허튼소리 치고 있거니와
그 백운학도
사실인즉 조선 말기 사주쟁이 백운학을 따온 이름인지라

아무튼 어찌어찌하여
제주도에 건너온
또 하나의 어설픈 백운학은
두 눈의 일월에 위엄이 없었던지
도수 없는 안경을 밋밋한 콧등에 걸고
수염 몇을 길렀는데

찾아든 사람 얼빼는 노릇이었던가
되지못한 엉터리 영어를 마구 갈겨대며
사주를 풀었다
진짜 사주풀이는
마르꼬 뽈로가 돌아갈 때 가지고 간
이태리 운명철학에 있다고 어쩌고저쩌고

꽤 유식한 척

꽤 해박한 척

섬사람들 그렇게 하루하루 속여가며
복채를 받으면
혼자 나가 술 마시고 돌아와
한밤중 술 취하여
혼자 울부짖어
왜 내 사주팔자는
사람들을 속여먹어야 하는가
하고 방바닥을 쳤다

강호제현
한가닥 남은 이 양심 쪼가리면 되지 않는가
아니 이런 쪼가리면 능히 가섭이나 베드로쯤 다가가지 않겠는가

장영달

아직 동지를 동지라고 말하기에 쑥스러운 시대였다
70년대 중반
그런 동지들 한 무더기
썰물처럼 나간 뒤
아직 전주교도소에 장영달이 있었다
영등포교도소에
안양교도소에 다른 사람들이 있었다

기어이 나왔다
세월이라는 것은
갇힌 자 그곳에서 죽는 것이기도 하나
갇힌 자 그곳에서 나오는 것이기도 하다

나왔다
아무런 자만심 따위
오만 따위 없이
가을 시든 풀잎처럼 겸손한 사람

중심부보다
주변부에서 착실한 사람
그의 누이는 아리따워
그의 동지가 데려갔다

그는 그런 매부에게도 겸손했다 무미건조한 반가움이 그의 얼굴이었다

민주화운동의 어떤 영감

3·1 민주구국선언사건에도 방청석에 앉아 있고
김지하 재판 방청석에도
또 누구의 2심재판 방청석에도 앉아 있고
리영희 백낙청 재판 방청석에도 앉아 있는
정성스러운 영감 표문덕
머리 벗어져
거기 수고 많은 세월이 물들어 있다
때로 수필도 써
가난한 원고료의 영수증도 써주었다

그런 영감이었다
재판 방청도 무지무지하게 막는 판이라
방청 자체도
하나의 투쟁이던 시절
그런 정성스러운 영감이었다

그러나 그는 딸자식 취직 때문에도
추기경도 목사도
해직교수도
문인도 방청석에서 깊이 사귀는 것이었다

하기는 그런 정성까지도 민주화운동에 보태어야 했다
끝내 딸자식 취직시키지 못하고 다시 나와 앉았다

한명회

73년을 다 살기도 어려운 시절
그래서 70년은 예로부터 드문 일
고희인 것을
허허 73년을 벼슬로 벼슬로
그 영화 길고길었다

김종서를 죽여
세조를 세워
어린 단종을 죽여
세조를 튼튼히 세워

이어서
성종을 세워
선왕이나 금상
임금마다 사위를 삼았다

송나라 승상 한충헌의 정자 압구정을
그대로 흉내내어
그렇지 한명회야말로
그 칠삭둥이 재주로
명나라 산하와도 두루 가까워
한강 기슭에 압구정을 세웠다

갈매기 대신

팔도에서 뇌물짐 몰려오고
연초록 같은
진초록 같은
미색 진상 끊이지 않았다

70년대에 이르러
그 시절의 영화가
새로 일어나는 것인가
복사꽃
배꽃 피는 그 비산비야 압구정동에
길이 났다
집이 섰다

새로이 한명회 1만명이 모여드는가

이철

민청학련사건 주동
그 대학생은 잡히고 보니
차라리 고교생처럼 풋풋하였다
사직동 거리에서
현상수배자로 잡혀보니
키도 낮았다

진주 남강가에서 자라나
울림 없는 토막진 말 몇마디
서울로 온 이래
아버지는 박정희의 아들 지만을 가르치는 교사였고
아들은 박정희 독재에 맞선 대학생이었다

이미 다 검거되었는데
나중에야
고교생으로 변장한 채 떠돌다가 잡혀버렸다

그는 유인태 나병식 김병곤 들과 함께
사형선고를 받았다
그러나 그 사형선고도 엄포였을 뿐
몇개월 뒤에 내보냈다
그뒤 일체 재야에서 떠났다
시대를 오래오래 씹어
쓴것이 단것으로 되도록 씹어

서경보

제주도 서귀포에서 인물 났다 서귀포 칠십리에서 인물 났다
동국대 불교대학장에서
동국대 총장 노리다가 밀려났다 거기까지였다
차라리 잘된 일
조계종단 겉돌다가
태평양 건너
아메리카땅에 발을 디딘 이래

승려박사 제1호로
장차 세계 최다 박사학위 1백26개 보유자로 나아갔다
그 속이야 어쨌거나
그 겉이야 어쨌거나
저서도 1천권이 넘었다
그 맵시야 어쨌거나
붓글씨 보시도 50여만장이 넘었다

유신체제
통일주체국민회의 대의원에도 당선

서귀포에서 인물 났다
그 자신이 먹는 것도
사먹을 때는 싸구려 국수 한 그릇 후루룩
그 자신의 법호를 딴 문학상도 만들어
상금 없는 상장으로 때워 후루룩

금강경이 질타하기를 상(相)을 버려라
그럼에도 일붕 서경보 화상에게는
그 상 없이는 안돼
금강경도 안돼

무엇이고
하나나 둘로는 안돼
마침내
제 자호 그대로
일붕종 만들어
제자 몇백
신자 몇천 모아
대승정 추대
세계대법왕 추대로
큰 지팡이 쿵 찧고 입 열었다

반야심경 돼
진짜 반야심경 안돼

부광석

한국명 부광석
서독 신학자 브라이덴슈타인
그 사람은 키가 훌쭉
코가 길쭉
그 사람은
누가복음 25절~37절
'선한 사마리아인의 비유'에서
사마리아인이
강도 만난 사람을 돌보아주는 것으로
사명이 끝나는 것이 아니라
바로 강도가 없어지도록 하는 데까지 나아가야
비로소 사명이 끝난다고 말한다

한국 기독교학생들에게
혁명의 신학
희망의 신학
세속화의 신학을 역설
그 자신
『학생과 사회정의』를 써서
70년대 한국 기독교학생 민중의식을 일으킨다
그는 늘 실밥 떨어진
헌 홈스펀 윗도리 하나로 지낸다
종로 5가에
슬쩍 나타난다 사라진다

다시 나타난

그가 소문 없는 부광석

임재경

청동기시대의 형상
청동기시대의 음성
청동기시대의 나태와 여유
남재희는 늘 그를 생각한다
그는 이따금 남재희를 생각한다
그는 이따금 이병주를 생각한다
그와 술자리를 함께했던
60년대
70년대의 사람들과 상관없이
그는 『창작과비평』의 근본 노선이었다
조선일보 빠리특파원
한국일보 논설위원
그러다가 미국 동부에 머물렀고
독일에도 머물렀다

자주 떠났다
그러나 그는 늘 한반도에 있었다
돌아와
외국 신문 서너 가지를 끼고 다니지만
그의 생각은 늘 한반도에 있었다

안경을 벗으면 나태와 여유
다시 안경 쓴 나태와 여유
하루의 바둑

이헌배

이 두루뭉술할 수 없는 사나이
이 얼렁뚱땅할 수 없는 사나이
넥타이를 매면
하루 내내 맨 그대로인 사나이

그의 어머니
그의 아내가
온갖 집회에 나와
내 자식
내 남편 내놓으라고 외쳐도

그의 아내가
심지어 나의 장시 『갯비나리』를 백기완과 읽으며
내 남편 내놓으라고 외쳐도

내 자식
내 남편은 좀처럼 나오지 않았다
70년대 감옥은
누구에게는 이웃이나
누구에게는 아득한 이웃

그렇게
우리의 가슴속에 있었고
우리의 가슴 밖에 있었다

그가 나왔다
술잔에 늘 술이 남아 있었다
이론은 격렬할 줄 모르고 단단하였다
또한 이론은 넓지 않았다
자주 혼자 진지하였다 외부가 없다
꺼져가다 살아나는 램프 불빛처럼

법정

산꼭대기 법꼭대기 청정도량이라

전남 해남 우수영에서 태어나
고향의 태산목 그늘 떠나
목포에서
젊은 날의 가난과 고뇌로
유달산 기슭을 떠돌았다

한려수도 건너가
경남 통영군 미륵도에서 머리 깎았다

시를 쓰려다가 수필을 쓰기 시작했다
으레 그의 혼은
방금 새옷으로 갈아입은 소녀였다

사과도 먹는 것이 아니라 보는 것
그렇게 아리따운 수필을 써서
사과는 말라갔다

눈동자 검고
광대뼈 실팍하였다

말솜씨야
글솜씨 밑이었다

266

어디 옷깃에 티끌 하나 용납하랴
송광사 불일암 오르내리는 길
어디 쇠똥 한 무더기 용납하랴
당장 꾸짖어 쇠똥 치웠다

오로지 깨끗해야
거기 차 한잔 식어가고
방금 씻어놓은
깨끗한 고무신 섬돌에 가지런히 놓여 있다

뱀 한 마리 다가가다
이런! 길 잘못 들었군

김형욱

1963년부터 1969년까지
중앙정보부를 지휘한 총잡이였다
광복절 귀빈 초청이라는 이름으로
서유럽 한국 지식인들 몽땅 잡아들여
동백림사건이 터졌다
박정희 장기집권 3선개헌을 마쳤다

눌린 콧등
빠른 번개 스치는
두 눈동자
결코 어리석지 않은 배불뚝이 총잡이였다

70년대가 왔다
그는 공화당 전국구에서 탈락되었다
이제 떠나야 했다
김종필로부터도
이후락으로부터도 제거 대상일 뿐
떠나야 했다

어린 시절의 고향 황해도도 생각할 겨를이 없었다
아이들과 아내까지
슬쩍 밖으로 보낸 뒤
그는 대만을 여행 목적지로 하고 떠났다
대만에서

미국 동부로 건너갔다

거기서부터 그는 박정희를 폭로하기 시작했다
미 하원 프레이저 소위원회
코리아게이트가 터졌다
박정희는 중남미 대사직 주겠다며
명란젓을 보내며 달렜으나

70년대 유신체제는 한동안 국내 저항보다
미국의 김형욱이 더 두려웠다
그를 제거해야 했다
빠리에서 납치되었다
청와대 지하실에서 끌려와 총 맞았다 한다
또는 죽여 냉동으로
서울에 압송되었다 한다

한 총잡이의 행방
아무도 모른다
백년 내
아무도 모른다

셋째딸 성숙이

자하문 밖 자두 익을 무렵
성숙이 엄마는
셋째딸 성숙이를 낳았습니다
자두가 툭 툭 떨어지는 날
이번에도 아들이 아니라 딸이라
그만 성숙이 엄마는 엉엉 울었습니다
해산한 보람
해산한 허기 따위도 없이
엉엉 울었습니다

그래서 성숙이가 밤에 태어났는지
낮에 태어났는지
낮 몇시쯤 태어났는지
통 몰랐습니다

성숙이 엄마뿐 아니라
아빠도
할머니도 그런 것을 알 바 없었습니다

성숙이는 이름도 없이
어서 죽어라
죽어라
엄마의 푸념을 들으며
이름도 없이

출생신고도 없이 자라나다가

성숙이 아빠가
그에게 길을 가르쳐주었던
의정부의 처녀 이성숙이라는 이름이 떠올라
그 이름을 붙여주었습니다

그래서 태어난 날도 정확하지 않고
태어난 시도 없습니다
자라면서
아주 어여쁜 소녀
아주 아리따운 처녀였습니다
먼 나라 포르투갈이나
스웨덴이나
거기에 가도 드물게
아리따운 처녀였습니다

신나무

90세 노인 양(梁) 할아버지
그 시절에도
90세 노인이 하나둘쯤 계셔야
세상다웠겠지
그 양 할아버지께서
춘향땅 남원에서
한양까지 육백릿길 나설 때는
먼저 짚신 열 켤레를 삼아 메고 나서야 했다
50리에 이르러
한 켤레씩 닳아서 못 신게 되면
그것을 신나무라는 나무에 매달아두었다

한양에서 돌아오는 길
그 신나무의 신은 삭아서
그 나무 밑거름이 되어
할아버지의 90세 기운이 스며
싱그러워라
싱그러워라

가도 가도 저마다 초록 신나무 눈부셔
죽은 마누라 생각
죽은 딸 생각
아니 죽은 삼거리 여인 생각까지
애틋이 싱그러워라

정문화

언제나 뜨물 머금은 듯
언제나 찌푸린 듯
모이면
모두 다 겨루듯 뜨거워지지만
그는 갈수록 차가워진다

그는 동지들의 밤에도 차라리 정물화 한 폭

싱긋 웃어도 웃음이기보다
바람 부는 날의 오래된 슬픔 같은 것

그래서인가
서울 미아동 유인태네 집에서 농성중이었는데
민주청년인권협의회 회장인
그가 수배자였는데

경찰의 눈을 속여
치마 입고
얼굴에 화장하고
머리에 스카프 둘러쓴 여장으로
윤보선 부인과 함께 차를 타고 빠져나가도

그는 그 긴장의 어제도
다음날 긴장 풀린 오늘도 말없이 엷은 슬픔 번져 있을 뿐

신승원

민청학련사건 1백69명 가운데는
고교생 있다

4월혁명 치달을 때
전국의 고교생들이
거리로 쏟아져나온 이래

부산고등학교 소년 신승원이
여드름 하나를 달고
부산대 언니들 따라
유신체제 반대를 위하여 나섰다

징역 3년 집행유예 5년으로
1심에서 나왔으나

오륙도 바다 위
일찍 뜬 별 왠지 안쓰러워

저문 바다 위 바람 불었다

이건영

부산고등학교 2학년 이건영 민청학련사건 가담
교장은 물론이거니와
담임도 물론이거니와

중앙정보부 지하실 수사관도 물론이거니와
세상의 어른들까지도
요놈 보게 네가 무얼 안다고
네가 무얼 안다고
거기 빨갱이소굴에 함부로 뛰어들어
신세 망치느냐고

호통치거나
개탄해 마지않았다 요놈 보게

이런 어린 싹이 곧 민주주의의 싹이었다면
사람들아
함부로 민주주의를 말하지 말라
거기에는
네가 무얼 안다고
네가 무얼 안다고
그 청소년의 용기와 풋풋한 고행도 있어야 했던 것을

송건호

시대는 착실한 세대주를
지조의 사람으로 만들었다
시대는 속절없는 독서인을
거리의 사람으로 만들었다
시대는 한 걸음도 조심스러운 언론인을
역사의 사람으로 만들었다

그는 해방정국 백범 장례행렬을 보았다
그런 청소년 시절 이래
시대가 덜 가파로웠다면
그는 그냥 한 소시민이었으리라

오래전에 걸린 연이 삭은 대추나무에
해거리인가
지난해 가지 찢어지게 달린 대추 대신
드문드문 달린 대추 익은
늦가을
그가 오리걸음으로 아장아장 걸어간다

아는 길도 속으로 물어가며 물어가며
천원 주고 산
헌책 두 권 들고 걸어간다

강구철

한밤중 우뚝 서서
누가 깜짝 놀란다
권력 앞에서
폭력 앞에서 굴복하지 않는 젊은이

술을 퍼마셔도
술주정 없이
차라리 그런 술자리에 그가 있기도 하고 없기도 한 듯

그런 술자리 파하고 일어날 때에야
부푼 내일을 기약하고
흩어질 때에야
그도 흩어져 어둠속으로 사라진다

무거운 입이었다
저울에 추가 자꾸 쌓여
어둠속으로 가라앉는다

정명기

민청학련사건 뒤
다시 감옥에 갔다
다시 감옥에 갔다
그런 뒤에야
감옥 대신
도시빈민에 다가가

이른바 달동네에 판잣집 교회를 개척
젊은 목사가 되어
함께 싸웠던 여학생이
어느덧 목사 부인이 되어
초라한 십자가를 달았다

서울의 밤
한국 각처의 밤
시뻘건 십자가가 난립하는 시대
초라한 십자가를 달았다

언젠가는 그런 십자가조차도 마음속에만 달아야 할 때 오리라

강신옥

1974년 7월 9일
용산 보통군법회의
민청학련사건 담당 변호인 강신옥
긴급조치 4호 위반
피고인 1백69명 중 9명 재판이 시작되었다

강신옥
피고인을 변론하다가

이 애국학생들에게 중형을 구형하는 것은
사법살인이다
직업상 이 자리에서 변호하고 있으나
차라리 피고인들과 함께
피고인석에 앉고 싶다고 외쳤다

바로 이 변론요지로
긴급조치 4호 위반 피고인이 되었다
그의 말대로
변호인이 아니라 피고인이 되었다 불감청고소원이었다
징역 10년 자격정지 10년

군 법무관 시절
그의 후배들 홍성우 황인철 들과 함께
이미 뜻을 맞췄던 일

70년대 내내
그뒤의 하 수상한 세월 내내 이어졌다

홍성엽

이슬만으로 길러낸 사람인가
이슬 머금어
한여름 옥잠화 잎사귀로 길러낸 사람인가
말없는 사람
서론 본론 결론
서론 각론
또 서론 본론 결론
이렇게 밤을 다 보내는 판인데
통 말없는 사람 홍성엽

밥을 먹었는지 안 먹었는지
아무런 표시도 없는 사람

흰 얼굴에 티끌 하나 없는 사람
어진 사람
아름다운 사람

오로지 소원은 대학 1학년 때부터
아름다운 민주화였다
그러던 그가
마침내 70년대 마감한
박정희 사망 이후
서울 명동 YWCA 대강당에서
신랑 홍성엽으로 결혼식이 거행되는데

신부는 없다

이른바
YWCA 위장결혼사건
신부는 민주주의
그리하여 신랑 홍성엽은 감옥으로 가서
새살림을 차렸다

그래서인가 감옥에서 나와서도
오래오래 총각인 채
말없는 사람
신부 민주주의 기다리는 사람

이강

무등산 아래
언제나 그가 있었다
말 많은 그곳
언제나 그가 있었다
작약꽃같이
꽃잎 겹겹이 열려

하나둘 서울로 가도
무등산 아래
금남로에도
전남대에도
언제나 그가 있었다

앞장서야 한다면
앞장섰다
뒤치다꺼리라면
뒤치다꺼리였다

궂은날 구죽죽이
궂은비 맞고
어제 만난 사람도
오랜만에 만난 듯 반가워
언제나 그가 있었다

마땅히 훤한 달밤에 시름 깊어

아내는 미쳐버리고
남편조차 살인마이고
그 아내 앞에서
달 없는 밤 시름 깊어

중앙시장 과부

성동구 중앙시장 건어물전 여장군으로 통하는 아낙
이웃 건어물전에서
조금이라도 손님한테 아양떨면
쌍년 또 지랄하네
밤에 하던 짓
대낮까지 가지고 와 지랄하네

건어물전이고
저쪽 청과물전이고
생선전이고
옳고 그르고 간에
여장군 멱따는 소리 들리면
다 쉬쉬쉬 입 다문다

세찬 바람에 밭고랑 마른 흙먼지 휙 몰려가는가

언제나 칙칙한 천막 친 장거리라
하루 내내 햇볕 없이
걸핏하면
꽥꽥 내지르는 소리 돼지 멱따는 소리
죽은 남편 욕하는 소리
제미럴 놈 먼저 뒈져서
나 이 고생 시키는 놈

비가 온다 천막에서 빗물이 고였다 쏟아진다
제미럴 놈의 하늘이라고
네미럴 놈의 하느님이라고
그런 여장군네 건어물 사다가
제사 지내는 날
증조할아버지 할머니
입맛 돋워드려

70년대부터 닭이 아무 때나 울기 시작하였으니
조상귀신들도
헷갈려 마지않으시니
입맛이라도 돋워드려

유달영

행복한 시절이었다
이러저러한 계몽의 시절이었다
서울대 농대 교수
그의 인생론이 널리 읽혔다
김형석의 냠냠한 글과 더불어

사색이 뼈저린 오뇌가 아닐진대
사색이 산 너머
우렁찬 관념이 아닐진대
경향 각지의 사람들에게 그것은 메아리였다

거리에서
철학 안병욱
청춘 김형석
인생 유달영이었다

그런 명성으로
박정희 국가재건최고회의 시대
재건국민운동본부를 얼른 맡았다

사실인즉 대중문화의 한 가닥은 그때부터였다
방인근 김내성 정비석 유호의 소설 이래
조흔파 이래

이름 숨기기

첫인사를 나눌 때도
나 아무갭니다라는 상대방에게
그냥 우물우물
고개만 숙여 넘어갑니다

초상집 조위금 내는 봉투에도
이름 쓰지 않아
몇달 뒤 만난 상주가
저 사람이 문상 왔던가
안 왔던가
인사를 주저합니다

이렇게 이름 숨기는 까닭이야
이 세상이
이름 내기 세상인지라
문패도 번지수도 없는 것이 좋아서인지
그것도 아닌지

국회의원 선거일
그냥 동그라미 도장 찍고 나오면 됩니다
그날이 썩 좋은 날이라
우르르 날아오르는 참새떼
저놈들 하나하나에 어디 이름 있겠습니까
생각건대 이름이 사람의 감옥일 줄이야

공주 느림보

새벽종이 울렸네 새벽종이 울렸네가 제일 싫어
새마을노래가 제일 싫어 방정떠는 노래 싫어
이렇게 말하는 것도
잡혀갈 각오 있어야 하는 시절
이렇게 말하는 것도
세발 네발 길게 늘어지는
충청도 느린 사투리인지라

어디 그 사투리뿐인가
앉았다가
일어서는 동안도
길게 늘어진다

대전역에서 서울 갈 때에도
꼭 완행열차를 느릿느릿 탄다
가는 데마다 섰다가
가는 데마다 섰다가
무엇하러
급행을 탄단 말이여

길을 건너가도
다른 사람 다 건너간 뒤에도
기침 서너 번 뒤
천천히 건너간다

함께 가는 사람이 재촉하면
무엇하러
그리 서둘러
서두르면 밥에 뜸도 안 들어

밤이면
달 가는 것 보아
천천히
천천히
안 가는 것처럼 간단 말이여

사람이 분이나 초로 살면 망하는 것이여
한 시간 두 시간도 목숨 몇도막 내는 것이여

그러니 한나절쯤으로
밤도
초저녁하고
밤하고
느지막이 홰치는
첫닭의 새벽하고
그렇게만 있어야 쓴단 말이여
안 그려

부완혁

타고난 논설인가
타고난 독설인가
신랄한 비평 내뿜어
너무 무거운 머리였다 큰 이마였다

『사상계』에서
장준하와 뒤틀려
그의 사나운 눈에 불꽃 튀었다
『사상계』가 기울어졌다

일제 식민지시대 이래
서북 계몽문화가
『사상계』로 절정에 이르렀다가
그 문화가 새로운 문화로 기울어졌다
그 사이에 부완혁이 일어났다가 주저앉았다

갈 길 깨달을 때 갈 길 없었다

이효재

정의와 사랑 어느 쪽인가
경남 진해만 기슭에서 태어났으나
그는 조국의 어디에서도 태어났다
여성의 때를 함께 열었다

노동자
지식인
비종교인
장애인 할 것 없이
인간의 때를 함께 열었다

속으로는 급진이고
겉으로는 늘 원만하였다

그의 두 눈 사이 미간에는 들녘이 있다
코에는 지붕이 잘 씌워져 있다
입에는
이따금 반복어가 나오는데
그 서투른 바 참다워라

이효재 여사
그대 거짓말 좀 있어야겠다
그래야 이 세상의 여인 아니겠는가

이남덕

일찍이 의연한 국사학자를 여의고
홀로되어
아이를 키우며
국어학을 하염없이 탐구하였다

조선이 모성의 땅이라
오랫동안 지력(地力)이 견디어주어
모심고
콩 심으면 콩이 났다

그래야겠지
사람이나 짐승이나
죽는 일도 땅으로 돌아가는 일

그런 땅의 말을 섬기기에
그 땅의 심신으로
한 숙연한 아낙이 살아 있다

어떤 일에도 사소사소한 일에도
간절하였다
단군을 잘라낸 시절에도
단군을 꽃구름인 양 노래하였다

장차 이 절 저 절 다니는 구름일진저 물일진저

백두진

일제시대 이래
상고머리 별갑테 안경
두툼한 살갗
두툼한 입술
오척 단구라

식민지시대 은행 요직으로 시작해서
자유당 총리
박정희시대 총리
유신정우회 의장
국회의장

언제나 체제 안에 땅딸보 푹 잠겨 있었다
역사보다 현실이 우위였다

그의 자택은 누상동
낙락장송의 숲속
쏴아 하고
솔바람소리 숲속

근현대사의 주제는 반외세 반봉건 반독재였으나
근현대사 속의 현실은
이렇게 두툼하기 짝이 없는 체제의 기능주의가 이어왔다

강수

태종무열왕 문무왕 양대에
당나라로 보내는 표(表)를 맡아
당나라 임금을 감동시켰습니다

젊은 날 천민 부곡 대장장이 딸과 사통한 이래
그네를 아내로 맞이했습니다

가난하고 천함은 부끄러운 바가 아니나
도를 배워 행하지 않은 바가 진실로 부끄러운 일입니다
이렇게 아내를 두둔함으로써
신라 골품제를 지지하지 않았습니다

육두품 밑의 신분으로
새로운 시대를 이룰 유교의 씨앗이 뿌려졌습니다
그의 아내도 아내인지라
지아비가 먼저 세상 떠난 뒤로
나라에서 조 1백석을 주어도 받지 않고
고향으로 돌아가 가난으로 가난으로 살아갔습니다
사사롭게는 좁쌀 한 알도
받아서는 안되기에
죽은 지아비의 뜻과
살아 있는 지어미의 뜻이 이렇듯 하나였습니다
가난한 집에서는 달도 떡치게 밝았습니다

탑골공원 그 사람

늙은이 북적대는 곳
덕지덕지 저승꽃 핀
늙은이끼리
멱살잡이 싸움질도 하는 곳
탑골공원에
그가 있다

청진동 이면도로
만수다방
늙은이 북적대는 곳
거기에
그가 있다

손등마다 심줄 꿈틀꿈틀
호두알 굴리는 곳
천하대사를 놓고
이렇다
이렇다 떠들다가
차 나르는 아가씨 엉덩이도 만지는 곳
거기에
그가 있다

나이 서른의 젊은이인데
왜 여기에 왔느냐고 물으면

여기만이 마음이 편해진다고 말하고
몇살이냐고 묻노라면
65세라고 말한다

듣자하니 나이 속이다가 군대에 끌려갔다는 것
내무반 상사한테
기합 받고 정신이 다쳐
의병제대했다는 것
그래서 마음속으로 실성실성 늙었다는 것

하기야
당나라 귀재 시인 이하는
남아 20에 이미 늙었노라고 읊조렸거늘

이철승

1945년 8월 15일 이후
해방정국은 혼돈이었다
자고 나면
정당이나 단체 생겨나
몇백개 간판이 달렸다 떨어졌다

그 무렵 전국학생총연맹은 우렁찼다
좌익과 맞서
무지막지한 우익집단이었다

그 학련 위원장 이철승
그 이후
한민당에 참가
민주국민당
민주당에 참가

제2공화국 국회 국방위원장이었다
이때까지는 그는 동트는 햇발이었다
가능성이었다
가능성이었다

70년대 후반
김대중은 납치 살해 직전에 풀려나거나
투옥되거나 하고

김영삼은 술 담배 뚝 끊고
장래를 기약하는데
그는 수권정당 야당이 아니라
유신체제 중도통합론 야당으로 나아갔다

마포 신민당사를 짓자
그 새 당사에는 그 대신
김영삼 총재가 들어섰다
집 짓는 사람 있고
집 드는 사람 있다
그것이 이 세상의 일
어느 집회
이철승의 화환 치워버렸다
그것이 이 세상의 일

아버지와 아들

아버지 신길호 51세
아들 신행복 26세
아버지는 절도 6범
아들은 절도 4범

감옥에서 빈털터리 죄수는 개털
어음깨나
수표깨나 만진 놈은 범털이거니와

이 개털 아버지와 자식은
각각 다른 사방에 배치되어
어렵게
저녁 먹고 뒤철창에 눌어붙어
통방을 한다

아버지 절도 세번째부터
아들도
아버지의 길에 들어섰다

통방의 사연인즉
밥 많이 먹었느냐
예 아버지
손바닥 발바닥 많이 부벼요
냉수마찰도 거르지 말고

오냐오냐

일찌감치 홀랑 머리 벗어져 눈부신 아버지의 혼잣말
짜아식 다른 것은 몰라도
이 나라 이 강산 제일의 효자란 말이여

요정 종업원 임도빈

70년대 성북동 대연각이라 우이동 삼청각이라
아니 코밑의 청진동 장원이라
거기 가면
온통 번드르르르
아리따운 여인의 치맛자락 방바닥을 쓸어가며
교자상 가득히
산해진미
산해공진미

어디 역대 상감마마의 수라상 따위에 견줄 것인가
상머리 안석에 앉아 있기만 하면
앉아서
입만 벌리면
나비 같은 여인이
술잔 기울여주고
안주 넣어주고

점심때라면 밥도 은수저로 떠넣어주고
그렇게 밥 먹고 나면
야들야들한 손으로
등때기 굳은살 풀어주고
슬슬 졸음 오는 척하면

뒷방으로 모셔가

그 침침한 방 요 위에 눕혀져
졸음은커녕
잠은커녕
난데없는 운우의 정이 쏟아지나니

정아무개가 뒹군 방
이아무개가 뻗은 방
박아무개
김아무개가 늘어진 방

이렇게 점심때
대낮 주색까지 마치니
퇴근 후에는
영락없는 모범공직자 아니었던가
그것으로도 모자란 정일품 종이품 아니던가

그 요정 청지기 임도빈
마당 쓰는 임도빈
눈으로 슬쩍 보고 못 본 척
듣고 못 들은 척
입 꿰매고
화초에 물을 푸짐하게 준다
다 알고 다 모른다

서광선

여자대학 채플시간에
팝송으로
찬송가 대신하기도 하였지
새로운 시도
새로운 의미를 담으려고 하였지
세상은 눈 한번 주고 그냥 흘러가는데

머리가 든든하다
그의 지성이란 실상 감성인지도 몰라
당분 많은 과일이거나
무더운 날 청량음료이거나

그는 자유를 찾아야 했다
한국 교회는
신앙과 학문 속박한다고 외쳐가며
김활란 김옥길 그뒤로도 여총장 섬기며
여학생 가르치며
거기 이화 식구로 뿌리내려

오랫동안 이 땅에서 열리는 것은
미국에의 문이었고 그의 문이었다
행여 민족주의가
반미주의일까 저어하며
그의 큰 얼굴은 불운보다 행운이었다

정화암

중국 각처 스며들어
조국을 위한 혁명에 몸바쳐
몸바쳐도 질긴 목숨이라
살아서 돌아왔다

돌아와서도 감옥이 그의 정치였다
삼면의 바다 잔잔할 리 없는
삼천리강산
그 조국은
언제나 꿈꾸는 조국이었다

쉰
예순
일흔의 세월일지라

암담한 현실에서 꿈일지언정 현실로 처절하였다

모든 영예 물리치고
오로지 신념만이 그의 정치였다
살풍경한 감방 40촉짜리 불빛조차도
그에게는 깨고 나면
허망하기 짝이 없는 꿈이었던가

나중에는 그는 현실이 아니라 전설이었다

근대사가 고대사인 듯
거기 정화암이 하얀 수염으로 일어섰다 앉았다

정일형

서북 장로교를 등뼈로 하고
미국의 검소한 지역민주주의를 가슴으로 삼아
4월혁명 전후
민주당 신파 복판에 정일형 있다
한국 정치에도 신사가 있어야 했고

그는 커다란 용기로
박정희를 규탄하여
의원직을 빼앗겨 의사당을 떠나기도 했고

강이라면
저 위쪽에 홍수를 이루고 있는
아직 평범한 흐름의 강이므로
누가 그 강을 두려워하랴

오랜 온건과 짧은 강경이
굳이 하나였다
아내 이태영의 전설과 함께 하나였다

이태영

남편 정일형은 여승 김일엽의 이종간이던가

도박이 뭔지 모르고
오입이 뭔지 모르고
오로지 한일자로 성실한 사람

1930년대 미국에서 돌아와
조국의 독립운동에
조촐히 참가
평양형무소에 갇혔다

그런 남편의 아름다운 아내였다
그런 남편을 넘어서는 예지의 아내였다
그런 남편과 함께 독실한 신앙의 아내였다
이태영

서대문 독립문시장에서
포목전으로
누비이불 행상으로
평양까지 오가며 옥바라지였다
그러다가 해방 이래
늦은 법학 전공으로
가장 먼저
사법고시 여성 합격자였다

학대받는 여성
소외의 여성
불우한 여성 돕기 위하여
법대 학장 버리고 나와
일생의 후반을 다 바쳤다

이 나라의 수많은 여성이
그를 따랐다
아니 이 나라의 수많은 남자들도 그를 따랐다
완벽하지만
위엄 가득하지만
언제나 몽당치마 아래 단정한 두 발이었다 낡은 전도부인 구두

양일동

식민지시대 무정부주의자였다
아나키스트 양일동
아나가 무정부가 아니라
자치를 의미하는 새 해석 이전
오직 그것은
항일 폭력노선이었다

북경에서는 신채호
동경에서는 흑도회(黑濤會) 그리고 박열

젊은 양일동은
그의 고향 옥구 군산에서
앞문으로 들어가면
뒷문으로 나가버렸다
그렇게 일본 고등계 형사대를 따돌리며
나타났다 사라졌다
한일굴욕외교 이래
그의 지론인즉
일본 대사는 친일파가 아니라
반드시 항일운동가로 보내야 한다는 것

70년대 민주통일당은 고독했다
고독한 총재
그의 상고머리 얼굴은 누렇고

그의 키는 우뚝 섰다
원주까지
갇혀 있는 사람을 찾아왔다

그런 뒤 70년대를 보내고
세상을 떠났다
김대중 납치사건
그 진상 얽히고설켜
밝히지 못한 채

똥가

나는 성을 세 개나 가지고 있소
성 가는 일이
가장 치욕인 이 땅
나는 성을 세 개나 네 개 가지고 있소

일본에는 귀신 귀자 성도 있고
걸핏하면
처가 성으로 바꾸기도 하는데

그따위 풍속과는 상관없소
하지만 나는 김가도 되고
남가도 되고
장가로 통할 때도 있소

그렇다고 나는 사기꾼이 아니오
아무튼 그것으로도 모자라
어머니 성 고씨를 따서
때때로 고가로 통할 때가 있소

그런데 내가 지독하게 술 취해서
어느 재래식 뒷간에 빠졌는데
그뒤로는 똥가가 되었소
똥 분자 분가 말이오

70년대까지는 조선 후기 이래의 기인들이 하나둘
이렇게 이어져
세상이 심심치 않았소

나는 똥가였소

박석무

한반도의 족보란 족보를
할아버지의 유학을 익히는 동안 뜨르르 꿰었다
총각이 처녀보다
족보를 더 좋아함인가

한여름에도 옷 벗지 않고 어슬렁어슬렁 걸어가니
물가에서 물장구치는
어린 시절이 없었음인가

6·3 때 이래
무등산 밑에서 항상 거리로 나섰다

언제 대학을 나왔는지 몰라
나와서는
한학을 숨기고 영어를 못 박듯 대못 박듯 가르쳤다

70년대 내내
80년대 내내 고비 넘겨
그의 목숨이 아직 붙어 있음인가

큰 눈은 볼 것은 보되
보지 않을 것은 보지 않으며
큰 광대뼈는
큰 입언저리와 함께 의리를 논함인가

한번 입을 열면 닫힐 줄 모르도록
고금이 둘이 아님인가

달밤

하현달 얼어붙어 말 없다 새로 선포된 긴급조치 9호
슬픔 따위도
기쁨 따위도 헛되었다

괜히 여기까지 정치인가
통금시간
이때가 가장 전형적으로 고요하다

그런데 이때
훌쩍
가시철망 담을 넘는 자 있다 밤손님이었다
서울 인왕산 밑 누상동

신발 한짝 벗겨져
가시철망에 걸어둔 채

그자에게는 통금시간이야말로 열렬한 행복이었고
무릇 잠든 자들은 잠이야말로 행복이었다

정석해

참 엉뚱한 노릇
독일 랑케의 서구중심사관 실증사관이
일본에 건너와
그 일본인 제자로부터
경성제대 사학도에게 전해져서
식민지시대 실증사학 이래
한국의 60년대 사학은
증조부 랑케 사관에 의지가지되었다

그러다가 하나둘 달라지기 시작했다
70년대는
역사서술이 달라지는 시대이기도 했다
거기에 서양사학의 원로교수 정석해
1974년 겨울
민주회복국민회의에 참여해
불편한 몸
이름으로 참여해
유신시대의 긴 밤 지새울 의지를 떨쳤다

이미 1960년 4월 19일 서울거리
교수들이 이승만 하야를 내걸고 나왔을 때
그 앞장에도 훤칠한 그가 앞장에 서 있었다
그가 있어 가없이 든든했다
넓은 풀밭에

317

황소 한 마리 풀 뜯고 있는 것처럼
파리 쫓는 꼬리에
지는 해 걸리는 것처럼

다동 다복여관 장기투숙객

전북 정읍에서 큰 뜻인가
부황한 뜻인가
그런 뜻 품고
논밭 팔아 서울에 나타난 사람
진달호
들녘에서 다져진 몸인데도
온몸이사
도목수 먹줄 퉁기지 않아도
반듯반듯하기까지 했다

입술은 항상 푸르딩딩함이니
아침 세수할 때도
마당 세면장
다른 사람 줄 서 있는데 아랑곳하지 않고
모가지
귀 뒤와 귀밑
콧등
러닝셔츠 속 가슴팍까지 두번 세번 훑어내어 씻는다
세숫비누질도 오래오래
비누거품도
오래오래 씻어낸다

그러고 나서야
아 산 것 같다 밥맛 나겠다

하지만 하루하루 되는 일 하나 없이
벌써 1년 넘게
다복여관 장기투숙객이다

수첩에는
청와대 전화부터
국회의원 전화부터
미도파백화점 교환전화까지
깨알로 적혀 있지만
하루하루 되는 일 없이
여관 여자종업원이나 꾀어
그 밤일이나 그런대로 되는 일이었다

조재천

이승만의 자유당 시절
야당 민주국민당의 대변인으로
그만한 품격 있는 논평
그만한 예리한 논평을 연발한 사람 없다
머리 깨끗이 벗어져
정치감각이
거기서 번쩍였다

그가 제2공화국 법무장관 당시
그의 서랍에 들어 있는
깡패 명단이
박정희 쿠데타 직후 꺼내어져
가장 먼저
태평로거리에 깡패 참회행렬이 있게 되었다

70년대는 조재천이 없는 시대였다
야당의 입도
여당의 입 사촌이었다

언제 어디서 어떻게 죽었던가
아무런 논평 없는 그의 일생
덧없다 덧없다 말라

장용학

그의 뼈는 몇십년 동안
관 속에서 굳어진 듯 펴질 줄 모른다
그의 살은
그의 뼈가 조금씩 내주는 것으로
어느 때는 아예 뼈이고
어느 때는 마지못해 살이다

그의 가슴팍엔
날마다 저울추가 매달려 있다

해방 뒤 일본어로부터
바로 국어로 급전환한 문학
그는 그 자신만의 구식 현학으로 소설을 썼다
「요한시집」

한반도의 50년대에도 그 척박에도
어느 기괴한 연금술사 있어
소설가 장용학을 특별히 만들어냈는가
그는 태생이나 난생이 아니다
어떤 실수 같은
어떤 원칙의 실수 같은 인조인간

하지만 그는 비소설의 소설 몇편 쓴 뒤
끝내 관 속으로 들어갔다

어떤 대상과도 만나지 않으려고
태양조차도 달조차도 쳐다보지 않으려고

정풍류 교수

그의 다채로운 국문학은
차라리 한 대학 동료들의 미움을 사야 했던가
그래서 차라리라는 말 입에 자주 올랐던가
그는 종로거리 시인하고
다른 대학의 동료하고 짝지어 술을 마셨다
사교댄스 일품
국문학의 한 영역 일품
틈을 내어
스르르 여색에도 다가갔다

치마 벗는 소리
치마 벗겨지는 소리에 웃음이 환했다

그럴 때마다 반드시 챙기는 것
여인의 음모 한 올을 확보하여
그 음모를
옛 책으로 제본한 백지 한 면마다
한 올씩 채집하여

그 책 이름 보모록(寶毛錄)이라
병석에 자리보전일 때
그 책 한장 한장 넘기며
독서삼매였다

이건 누구의 것이던가
이건 누구의 것이던가
또
이건 누구의 것이더라

이헌구

이산 김광섭과 오래오래 불변의 단짝이어서
바늘이 이산이면
실이 소천 이헌구라
바늘 가는 데 실 간다

식민지시대 동경 유학 해외문학파였다
자유당시대
이산이 경무대 비서이면
소천은 공보처 차장이었다

이산이 하는 일이면 어느새
그 일이 소천의 일
정작 그의 문학평론이야
그런 우정보다 빛나지 않았다
하기야 문단에 이런 가로등 같은 우정을 남겨
서로 할퀴고 겨루고 맞서는 곳에
한줄기 향내였다

그런데 이따금 생각하기로는
소천은 죽었는가 아직 살아 있는가
죽은 줄 알았다가
한쪽 발을 보일 듯 말 듯 끌면서
이화동산에서 가장 조용하게 살아 있다
그 연분홍빛 얼굴 늦은 봄날 조용하게 살아 있다

한산 주창길

자작나무 껍질로 삿갓 만들어 쓰고
누더기 한벌 옷에
이도 서캐도 함께 살아
떨거덕떨거덕
나막신에 흙먼지도 함께 살아

그래서 저 아래 절간 후원에 기웃거려
누룽지나
남은 찬밥 얻어먹고
다시 산 넘어간다

이런 당나라 시승 한산을 섬겨
날마다
한산시 습득시 풍간시
한수 한수 읊으며

서산의 오두막
하루하루를 자족하는 사람 주창길
밤에 등불 켜지 않고
달이 둥근 등을 달았네그려(月珪一輪燈)

입안에서 우물우물
양치질 물인 듯 읊으며
한산과 다른 것은 귀밑에 애호박 혹이라

썩은 새끼 서 발

충북 영동쯤에서야 영동의 어느 누구쯤이야
유신체제이든 뭐든 알 바 없지
노름꾼에 자리 빌려주는 일
초상나면
송장 염하는 일
돼지 불알 까는 일
말이나 소
암 붙이는 일

마을의 궂은일 도맡아 하는 사람
노봉구

제집이야 지붕이 삭아 골 파인 가난이지만
언제나 마음씨는 훈훈하거나
화롯불 가까웠다

어린아이가 코밑 빨개져
종종걸음치는 겨울
오도 가도 못하는 추위인지라
아이고 춥겠구나
하고 바람 막아주기도 한다

그런데 끝내 아들딸 굶기는 가난이어서
썩은 새끼 서 발 조심스레 거둬다가

그것을 정자나무에 걸고
목을 맸다
목을 매는 척했다
죽을 리 없지

알려져야 할 것이 알려지자
마을에서
곡식 걷어다
겨울 한철
배 안 곯고 날 수 있었지

안되구말구
우리 마을
이웃 마을
노봉구 없이는 궂은일 누가 해낸담

신정식

내가 배운 의술이란 것이 인술(仁術)이 아니면 안되관대!

전쟁 나던 해
그는 섬으로 갔다
버림받은 소록도

긴 밤
눈썹 없이 발가락 없이 웅크린 문둥이들 잠들었는데
그가 가서
길을 내고
집 짓고

환자의 남은 발가락 발톱까지 깎아주었다
한센병
천형이라는 나병
그들 가운데서 살아가며
섬 솔밭 저 건너
세상이야 통 몰라

아우 신형식은 공화당 사무총장
유신시대
떵떵 울리는 인왕산 산울림이었는데
오로지 형은 아우라는 것 통 모르고
나환자 평생 동무 그대로였다 오늘도 그대로였다

무교동의 밤

시뻘건 고춧가루로 버무렸다
조선 후기부터야 먹기 시작한 고추가
언제 이다지도
태고 이래 먹어온 것이더뇨
한번 입에 넣으면
앗흐
입안이 불난다

1960년대와 70년대 서울 술꾼의 행운이란
이렇게 맵고
이렇게 짠 안주에다
이렇게 독한 소주 열 병쯤 비워
통금시간 다가와
벌써 밤 열한시가 넘었다

왜 이렇게 가혹해야 했던가

이때쯤 모든 것이 과장된다
박정희조차 과장되어
아주 콩알만해진다
박정희 이 새끼
제 딸까지 퍼스트레이디로 써먹는 새끼
어쩌구
한마디 내지르면

그것이 권위가 되어
함께 온 친구들이 술값 낸다

나는 이런 낙짓집 씨멘트 바닥에서
헌 신문지 주워
처음으로 분신자살한 노동자 전태일을 알았다

남재희

의식은 야에 있으나
현실은 여에 있었다
꿈은 진보에 있으나
체질은 보수에 있었다

시대는 이런 사람에게 넉넉히 술을 주었다
술 취해
집에 돌아가면
3만권의 책이 있었다
법과대학 동기인
아내와
데모하는 딸의 빈방이 있었다

청주 무심천의 어린 시절 지나
사변 지나
자꾸 높아지는 무교동거리에
그가 서 있다
아니 다른 사람인가?
서울의 천박한 네온싸인 아래

신라 진흥왕

진작 왕실 근친혼이 있어
법흥왕의 아우
입종갈문이 아버지인데
어머니는 또한 법흥왕의 딸이다

할아버지는 지증왕
달린 것이 너무 커
맞는 왕비를 찾지 못하다가
어느 밭고랑
커다란 똥무더기 보고

그 똥 싼 낭자 찾아다가 왕비로 맞이했다
신분이 천한데도
뚫린 바가 커
큰 지아비에 큰 지어미였다

그 손자가 진흥왕 재위 37년짜리
일곱살 때 왕위에 등극하고
어머니 지소태후가 섭정
친정(親政)의 나이 열일곱 이후
한강 유역의 고구려를 몰아낸 이래
결혼동맹의 백제와도 싸웠고
대가야도 차지했다
아니 저 동북 방면으로 나아가

한동안 함흥평야까지 차지했다
그가 가는 데마다 노루가 잡혀 순수비가 세워졌다

서라벌 월성 동쪽
왕궁을 짓다가
그곳에서 황룡이 나타나자
왕궁 대신
절을 지어 황룡사라
이것이 왕도불교의 시작이었다
이것이 호국불교의 시작이었다

만년에는 절에 들어가니
법운스님
그의 왕비도 비구니가 되어
영흥사에서 입적했다
그러나 그의 업적은
영토도 영토지만
젊은 사내 쓸 만한 놈들 모은 화랑도 창설에 있다 할 것

조향록

마가복음이 먼저 만들어졌지? 그렇지?
그리스로 건너가
그 이야기는 어느 만큼
그리스화하였지?

마가복음 한 절 읽는 목사
어쩐지 심장이 약한 듯한 부은 얼굴 부은 발

60년대 이래 다리미질한 듯 뜻이 있다가
그의 입에서 자주 예언자가 나오다가
70년대 후반 이래
그 뜻이 냉큼 물러섰다

어느덧 군사정권 쪽
그렇게 되기도 어렵게시리 딱하게시리
유신정권 쪽이

그리하여 제네바 크리스찬 학술대회에서
조직신학 박순경한테
신랄하게 지탄받자마자
질세라 삿대질하는 그 시각에
서울 초동교회 첨탑 끝
십자가 네온이 꺼졌다 우연이었다
유신의 밤이 깊었다 우연 아니었다

어린 장선광

대구교도소는 동양에서 가장 큰 교도소이다
8천명 이상의 기결수와 미결수가
기세 좋게 살아간다 밀물져 살아간다
여기에 슬픔 따위 없다
여사(女舍)에도 슬픔 따위 없다

여자 미결수가 기결수가 되는 동안
세상에서 든 씨가 뱃속에서 자라
떡두꺼비 아들로 태어났다 슬픔 따위 없다
응애응애 힘찬 울음소리
그날은 교도소 재소자 전부가 생일잔치 미역국을 먹었다
8천 그릇 미역국이라

그 아기는
1년 미만 엄마와 함께 감옥에서 자라다가
바깥의 먼 연고자에게 엄마 두고 맡겨져 나가야 한다

하필 감옥에서 태어나다니
이름은 보안과장의 부탁으로
갇힌 시인이 지었다
착한 빛 선광

어미가 말했다 한다
이 아이 아빠 성은 장씨라오

많은 남자와 만났으되
아이의 아빠는 박씨나 김씨나 이씨가 아니라
장씨라오

슬픔 따위 없다

오줌 싸는 시간

대구교도소는 무기수 장기수 25년짜리 20년짜리 자란자란 치런치런
그런 장기수 하나가
꼿꼿한 흰 수염발 세워
복도를 내다보다가
막 재판받고 온 애송이한테 물었다

얼마 받았노?
1년 2월입니다
야 인마 그것도 형이라고 받노
무기수 오줌 싸는 시간이지
그게 어디 형이냐 인마

1년 2월짜리 정광섭
그러나 무하마드 알리라는 별명을 가진 젊은놈
교도관에게
실컷 두들겨맞고도
아무 일도 없었던 듯 털고 일어나
태연히 걸어간다

정몽주 후손 가운데는
이런 알리 정광섭 있다
이 몸이 죽고 죽어
일백번 고쳐 죽어

이동화

동해 파도소리에도 귀머거리인 듯 조용했다
태백산맥 눈사태에도
놀라지 않고 조용했다
난초꽃 벙글어
빈방이 가득하다

한반도는 이런 신사도
불온한 자로 감옥에 처넣어야 했다

일제 식민지시대
일본으로 가서
가장 혜택받은 학문을 통해
한 사람의 사상가로 거듭났다

그는 폭력혁명을 반대했다
그 자신이 폭력의 시대에 에워싸였으므로

훤칠한 키 우아한 인쩰리겐찌야의 피부여서
자주 감기를 끌어들였다
그의 생애는 이상하게도
늘 불운인가 하면 시련
시련인가 하면 불운 그것

멀리서 은은한 종소리 그것은 허망이었다

정희성

이미 대학 조교 시절부터 익었다
젊음이라는 모험 내버리고
오래된 이조의 돌다리 건너갔다
그러다가 70년대는
그런 국문학도 하나
해 저문 알뜰살뜰한 시인으로 만들어

저문 강물에 삽을 씻었다
그 삽
어둠속에서 허여번뜩하였다

최원식

온돌 아랫목에 묻어둔 따뜻한 밥
아마도 그는 거기서 태어나자마자
그의 고향 백년을
고려 천년을 다 알아버렸으리라

좀 멈칫거리는 걸음으로
그가 인천에서 서울에 오면

한반도나
한반도 이웃 중국이나
아라사나
일본이나
저 아래 베트남이나
다 알고도 남아
그의 입은 박식 끝에 쓸쓸히 웃는다

어느 가파로운 언덕까지도 넘치는 일 없이
춤추는 글이었다 너울너울

씨 속의 바다가 그냥 바다보다 더 찬란하게 드넓다

윤형중

신부 같은 신부였다
인기 따위도 없고
인기 따위도 노린 적 없다
이를테면 연탄가스 중독에도 끄떡없는 확신이
오래오래 이어져온
진부한 일상의 나날
그의 나날

단 한번도 그 자신이 신부인 것을 후회하지 않았다
불행일까?
혹은 지독한 축복일까?

그의 글은 깡마르고 정연하다
극도로 감정을 배제하지만
함석헌과의 논쟁에서는 적의를 내뿜었다

주교도
대주교도 되지 않고
빈 산의 위쪽 어디
깊이 박혀 있는 바위 한 모서리였다
작은 몸속 가래 끓는 기관지까지
바위 한 모서리로 되고 말았다

관철동 밤 피리소리

서울 종로 뒷골목
늘 지저분하다
연탄재
타다 만 연탄재
하지만 빙판길에는
연탄재가 있어 미끄러지지 않았다

밤마다 이 술집 저 술집 언저리
싸움판 벌어져
시끌덤벙
이어서 경찰 백차에 실려가기도 한다
씨팔!
씨팔!

그러다가 통금시간 이후는 갑자기 조용해진다
물에 돌 가라앉아
그때야말로
오로지 장님 안마장이 피리소리만이
온통 밤을 가져온다

용케 미끄러지지 않으며
용케 헛디디지 않으며
한밤중 안마장이 피리소리만이
타락한 넋을 깨웠다가 잠재운다

안마란 몸에 앞서 넋을 주물러주는 것

장님 안마장이의 어둠과
통금 이후의 어둠 언제부턴가 친척이 되어
가벼운 지팡이와 더불어
세 발로 걸어간다
멀어져가는 피리소리랑 네 발로 걸어간다 단짝이 되어

신경림

어느 때나 곱게 웃으며 온다
어느 곳이나 곱게 곱게 웃으며 온다
누구를 만나도
그가 누구이든 마음 편하게 해주며
곱게 웃으며 간다

끔찍하게 부지런하지도 않고 게으르지도 않다
높은 곳을 피하는지라
높은 자리 굳이 사양한다
군더더기 없는 노래 불러
남한강 가을이 차다

한두 번 말고는
아무리 술 취해도 흐트러지지 않고
곱게 웃으며
어느새 진새벽이라

첫닭 울음소리가
그날밤 술판의 마지막 술안주였던가
하지만 집에는 책을 그냥 쌓아놓고
다른 동료들이 볼펜에 매달려 있을 때
자작 워드프로세서에 익어버렸다

70년대 우뚝 선 『농무』 이래 그대로이고 늘 웃으며 간다

그 노파

그 앙상한 노파

허술한 합섬 치마저고리 아니라면
영락없는 겨울 논에 그대로 서 있는 허수아비
막대기 하나 의지
중앙선 철길을 건너려다
화차 30여량이나 이끌고
달리는 차의 뒷바람에 맞아
그만 풀썩 나뒹굴었다

죽었나?
아니었다 죽은 듯이 그대로 있다가
한참 뒤에 일어났다
이 다 빠진 잇몸 드러내며 웃었다
그런 다음
저만치 나가떨어진 막대기한테 갔다

자네가 나보다 더 늙었네그려
어서 일어나

누구의 할머니인지
누구의 어머니인지
누구의 마누라였다가 그만두었는지
아니 70년 전

누구의 딸이었는지

이 세상에 아무 근본 없는
무소속의 세월
철길 건너다 말고
더 살아야 하지 더 살아야 하지
막대기 집어들고
철길 건너
충청도 제천역 가까운데

여기가 강원도땅인가?
지난날
그 무정한 뜨내기 따라갔던 땅인가?

조요한

카랑카랑한 구강에서 나오는
말 몇마디
아무 수식이 없다
미학자인데
그러기에 그 미학이 어디 있는지 몰랐다
살찌지 않는다
도무지 몸에 무엇이 붙어 있는 것이 싫었던가
은어 한 마리
은어떼에서 떨어져나와

그래도 대학교 총장도 지내기는 지냈지만
그때나
그뒤나 손톱만큼 손톱눈만큼도 다를 바 없다

그의 구강 아래
식도도
기관지도 어떤 찌꺼기 끼인 것 없다

김용구

기독교이면서 불교에 다가가서
언론인이면서 철학에 다가가 그윽한 문 열렸어라
맑은 눈
깨끗한 얼굴

도무지 욕심 없다 점 하나 없다
있을 만큼만 있는 욕심이야 꽃인 것을 꽃 하나 없다

불의와 독재에도
일정한 비판을 저버리지 않는다
신사

책상 앞에 앉아 있는 그의 자세 자체가
하나의 그림이다
누구에게 고함소리 한번 질러라
그런 일 없이
조용조용한 말소리는
꼭 파이프담배 꺼져가는 연기 같아라

은은한 실내악 4중주가 뜰을 뜰대로 둔다
선에는
1퍼센트 미만의 위선이 있어야 한다

김성식

서양사학자
늙으면
서양사학자도 동양사학자 같다
안될 말

서양사학자 김성식
학자이기보다
의인 같은 노인
의인이기보다
마을 원로나
아메리카 원주민
권력이 아니라
도덕의 추장 같은 노인

오랜 대학교수 노릇이지만
청빈하기는
저서도 적고
집 안에 책도 적다

끝내 학문보다 인격이었던가
안암골 고려대 정년 이래
경희대에서 가르치다가
70년대 중반
유신체제를 정중히 부정했다

그리고 세상을 조용히 떠났다
일생 동안 하늘 따위 얼마나 바라보았던가

정수동

김삿갓 병연보다 한 살 아래였다
병연보다 5년 더 살았다
늘 술에 취했다 술로 죽었다
조선 말엽의 일대 풍류
중인 신분이라
조선 위항시인의 으뜸이기도 한바

당대 권신 사대부들의 옆자리에 앉아
그 부패와 모순을
무서운 풍자로 찔러대니
양반이야
그가 없으면 맹물이요
그가 있으면 간담이 서늘하고 등짝이 젖었다

그의 시론 성령론(性靈論)인즉
성령이 한번 붙으면
붓끝을 다할 따름
시의 체나 낯선 시풍 좇거나
또한 묘한 것 섬세한 것 따위 다투지 않는 바라

추사 김정희가 도우려 했지만
그 진지한 도움조차 속박인지라
나이 오십이면
시 몇편 술 몇백 항아리 그것으로 되었다

할아버지 대대 일본어 역관으로 이어졌으나
그에게 와서 일본말 버렸다 익살과 시와 술을 살았다

이인

흙으로 빚은 듯한
투박한 얼굴
두 눈은 재(才)를 숨기고 덕을 앞으로 삼았다
일제 식민지시대 법정
허헌이 그 앞을 맡았다면
김병로가 그 가운데를 맡았다면
이인이 그 뒤를 맡아
독립운동가들의 벗이 되어주었다
함께 피 흘린 전우는 아니련만

대한민국 초대 법무장관
들녘에 논갈이하고
침 질질 흘리며
돌아오는 지친 황소와 같은
아니 고향의 저녁 무렵 같은
그의 뒷모습

대강 손 잡는 둥 마는 둥 하는 근대화의 악수 아니라
한번 잡으면 놓아줄 줄 모르고
굳세게 잡는 악수
머리에서 발바닥까지 견고하다

먼 산 마른번개 번쩍
그 위로 끄르르 먼 우렛소리 지나간다

백낙준

그가 서 있으면 동상처럼 묵중하다
동상은 비와 눈보라 맞는데
그에게는 우산이 따랐고
두꺼운 외투가 있다
그의 말 억양도 묵중하다
띄엄띄엄
걸음걸이도 묵중하다

4월혁명 이후 양원제 참의원 의장이었다
그 어글어글한 얼굴은
과연 대인의 풍모
한 학원의 대부였고
한 국가의 원로였다

70년대 이래 온건한 재야인사였다가
수많은 제자 남기고
세상 떠났다

그런데 부고에서 밝혀진 것은
아들들이 쪼르르 미국 시민권자
일찍이 국제적이었으므로
그러나 일찍이 애국적이었으므로
그 자신은 끝까지 국내에 있어야 했다
묵중하다

서대문경찰서 유치장 담당

겨울이면 마수로 한데였다
70년대 서대문경찰서 유치장
거기에 머리 빡빡 깎은 담당
만년 담당
한놈 들어올 때마다
몇놈 들어올 때마다

왜 꼬투리가 없겠나
꼬투리 잡아
마구 차고 차고 하여
초장에 기 팍 죽여놓는 담당
임철만이

그렇지만 밥 먹은 뒤
여자유치장에 대고
노래 하나 뽑으라 한다

그림 같은 집을 짓고 어쩌고
이렇게 노래가 나오면
남자방에서
소나기 박수소리 몰려나온다

이번에는 남자유치장의 차례
절도 3범 강도 1범

이 강도가 부르는 동백 아가씨
임철만이 소리지른다
이 새끼야
사내새끼가 치사하게 청승떨기는

바로 이 만년 담당이
한번 기도하는 심정으로 말하기를
이 유치장이
텅 빈 적이
딱 한번 있었는데
그때는 무척이나 심심했다
그러나 아무도 들어오지 않는
텅 빈 유치장 근무 1년쯤
그게 내 내 소원이다

야 2호실 간나새끼야
내 말 조용히 듣지 못해
이 새끼야
너 이 새끼 검찰 송치 아직 멀었어
이 새끼야

조호철

집에는 쌀독에 쌀 있고
처마 밑에 연탄 쟁여놓았으나
집을 나서자
천생 거지였다

담배는 늘 얻어피웠다
전쟁이 지나간
사나운 인심
차츰 야박해지는 인심이나
담배 인심은 남아 있어

여기저기 술집 기웃거리다가
한데 어울릴 판이 있으면
거기 과감히 자리잡아

술 마시다가
술보다 술안주 축낸다
술자리 말
건성으로 듣는 둥 마는 둥
그래?
그래?
그렇소!
따위 박자 맞춰가며
젓가락은 부지런히 안주를 집어올린다

어느새 술은 남고
술안주는 없다
여기 안주 한 사라 더!

여기에 그 이름 진정한 비명으로 남긴다
동북아시아
한반도에 태어나
사변 도중
출생지를 떠나
평생 술집에서
안주만 집어먹어
배를 채운 나머지
그렇게 살다가
여기 묻히다

이름은 조호철

윤제술

전북 부안군 앞바다에 가면
작은 섬 위도가 보인다 보이지 않기도 한다
계화도 당산나무가 보인다
거기에 한말의 거유 간재 전우가 건너갔다
멀리서
가까이서 제자들의 도포자락이 모여들어 건너갔다
애오라지 성리학 섬겨
애오라지 경학 예학 섬겨
언제나 의관을 정제하고 앉아 있었다

바로 그의 수제자 윤제술
일제로 접어들어
동경고등사범에 갔다
함석헌의 좀 뒤

해방 뒤 이리 남성중고등학교 교장도 지내다가
정계에 뛰어들어
내내 야당의 중진 원로
매천의 시 자주 읊조리고
서도보다 서예였다 가늘고 칼칼한 필체였다
나중에는 인왕산 비탈
누상동의 바짝 마른 한 마리 학이었다
아슬아슬한 데 앉아 있다가
이윽고 훨 날아가기 위하여 어깻죽지 접는다

심우성 전성우

그들이 태어나기 전
그들의 아버지는 사각모를 쓴 대학생이었다
친하기로는
서로 겨드랑 터럭까지도
몇개인지
서로 배꼽 아래 거웃 터럭까지도
몇백개인지 아는 사이였던가

장차 아들 두면
서로 아들 이름을 거꾸로 부르기로 했다
심가가 아들을 낳았다
심가의 아들 심우성(沈雨晟)이었다
그 뒤 전가
전형필이 아들을 낳았다
전성우(全晟雨)였다

그러나 하나는 아버지의 골동서화 맡아
학교 맡아
만다라 화가이고
하나는 녹작지근히 꼭두각시 꽹과리 인형극으로 민속의 개척자였다
아버지들과 달리
그들은 만나는 일이 거의 없다

그렇기도 하겠다 아들은 아버지가 아니므로

송시열의 종

옛날 중국 노나라에
발 하나 잘린 외발병신 왕태가 있었다
그런데 그의 제자는
공자의 제자보다 많았다
또한 그는 제자를 차고 앉아 가르치지도 않건만
그 마음의 덕으로부터 스며나오는 바로
그의 제자들은 돌아갈 때는 가슴 벅차하였다

공자 이르기를
나도 그를 찾아가 스승으로 삼고 싶다
나도 천하의 사람들을 이끌고
그의 제자가 되고 싶다 하였다

하지만 후대는
그런 왕태는 온데간데없고
오로지 공자만이 대대로 전해져
바다 건너
조선 오백년의 정신을 이루고 있었으니
조선 후기 사색당쟁
동인 서인
남인 노론의 세력이 다 공자의 제자였으니
노론 송시열의 종 하나도
웬만한 양반 못지않게
주인 없을 때는

밖에 나가 큰소리 쩌렁쩌렁 울렸으니
그도 또한 공자의 제자였으니
세상이란 이다지 허울 좋아라 보리도 보리쌀이라

김성우

그는 신문사의 섬이었다
편집국장
주필
그런 자리에서도 섬이었다
격동만으로 된 시대를
그는 섬이었다

이윽고 섬으로 건너가 낯선 램프를 밝혔다
다음날 동백꽃 피었다
동백꽃과 푸른 파도소리 사이
시를 읽었다

그 섬의 이름 그대로 딸 이름이 되어
그의 어린 딸
시 백편을 읊었다

빠리 7년 모국어를 잃지 않으려고 돌아와
중도우파 내지 온건우파 아니 무시무종의 우파
그런즉 그는 좌파 저쪽 극단우파도 나프탈린 풍겨 저버리지 않았다

만인

보

12

萬

人

譜

이병린

그가 죽은 뒤 홍성우 조준희 황인철 들이 감친 입술로 운구했다
재야 법조계의 원로
술에 얼큰하면
그 주름투성이 얼굴 온통 웃음이건만
여느때는 입이 좀처럼 열리지 않는다
그냥 따스하다

60년대 이래 한국 엠네스티 이끌어
70년대 3선개헌 반대 이끌어
박정희 장기집권에 짐짓 이의를 제기했다
아버지이기보다
어머니인 아버지

그는 은연중
불교의 포살(布薩)*과 자자(自恣)**를
형벌에 적용하는 일을 추구했다

그러다가 어이없이 드나든 술집 간통죄로 구속되자
전국의 뜻있는 변호사들 몇백명
날마다 구치소에 줄지어 찾아갔다

감옥에서 나온 뒤
김천으로 가 시골 변호사로 남은 세월을 눈비 그어 보냈다

하늘이야
다른 사람에게 주고
땅의 일에
사람의 일에 숨어 몸바치다가
헌 가죽가방 남기고 갔다

*포살:출가자가 보름마다 죄과를 고백하는 것.
**자자:안거 마지막날 대중 앞에서 스스로 죄과를 고백하는 것.

김영삼

이상한 순풍이었다
순풍의 연속
그가 탄 배는 뱃머리가 늘 힘찼다
25세에 국회의원
민주당 구파를 벌써 그가 이끌어갔다
이상한 순풍이었다

몇번의 역려(逆旅)가 있었지만
그것은 다음날
더 좋은 순풍일 따름
그의 뱃머리 수평선은 짙푸르게 힘찼다

70년대에 접어들어
김대중의 상대였다가 동지였다
이때까지만 해도
민주당 구파와 신파 사이의 연장이었다

이윽고 신민당 총재였다
약속장소에 항상 먼저 와 있었다
술 담배 끊고
새벽 달리기를 시작했다
항상 먼저 와
10분 전 혹은 5분 전 먼저 와 있었다

그에게는 이렇게 지키는 것이 있었다
그에게는 편안함이 있었다
하지만 천부적인 전술이라면
그 수준은 누구의 수준인가를 알 수 없다

79년 여름 나는 그에게 달려갔다
그의 직감과 직감 이상의 결단으로
YH 노동자들 신민당 강당 농성을 허용해주었다
그것이 유신체제가 쓰러지는 바퀴소리일 줄이야
그 누구도 몰라야 했다
그것이 부산 마산 총궐기의 원점일 줄이야

MOON

미국에서는
MOON은 달이 아니다
MOON은 한국사람 문선명이다
아니 MOON은
한동안 박정희보다 김대중보다
한국 자체이기까지 했다
미국 조야에서는
미국 기독교 지도층에게는
MOON은 맨해튼의 마천루 옆에 달린
보름달이 아니라
문선명이었다

15세 부활절에 계시 받은 이래
1·4후퇴 이래
그는 교주가 되어 떠올랐다
한쪽에서는 배척의 표적으로
한쪽에서는 무서운 헌신의 중심으로 떠올랐다

70년대 중반
베트남전쟁으로 황폐해진 미국 사회에서
그는 엄격한 교리와 단련
동양에서 온 어떤 이단으로
뉴욕이나 시카고 젊은이들을 사로잡았다

그리하여 MOON은
온 세상으로 퍼져나갔다
온 세상의 젊은이들이
집을 뛰쳐나와
그의 교단에 입단하여
거리에서 꽃을 팔았다

지극히 행복한 표정으로
지극히 영광스러운 표정으로

MOON! 그대는 누구인가
이것은
70년대 이래의 질문
미국은 그를 파묻었다
그러나 그는 미국에서
다시 무대를 옮겼다

MOON! 그대는 누구인가 누구의 아버지인가

다시 김승훈

옛날에는 목제 성찬배와 같은 성직자가 있었으나
오늘날에는 목제 성직자가 있다고
누군가가 말했거니와
이런 말 저쪽

그저께도 어제도 오늘도
내일도 신부 김승훈이야
늘 그대로 신부 김승훈
한결같다
변함없다
이런 말도 군더더기
늘어진 엿 다시 굳어지며
그대로 김승훈
목제 성찬배

비잔틴 화가가 예수의 수염을 그리기 시작했다
그전에는 없었다
김승훈에게 수염이 없다

그는 웃을 줄 모른다
웃어도 어쩐지 웃음이 아니다
두 눈 뜨면
아이들도 머쓱 달아나야 한다

그의 지루한 강론 어느 대목도 기름지지 않다
무지개가 떠
5색 7색이 되지 않는다
아니 어느 미사에서는
비가 오지 않는데
바람이 불지 않는데
촛불이 탁 꺼졌다

그러나 한번 이해하고 나면
그처럼 순정
그처럼 편협
아니 그처럼 넓은 이해가 어디 있는가
이것저것 촌수 잴 줄 모른다

무엇보다 그의 미사는
누구에게도 보이지 않는
그의 신앙으로 익은 미사는 깊다
몇마디 서투른 농담 던져
그의 위엄 스스로 깨뜨릴 때
달아났던 아이들
하나둘 성당 지하실에 모여든다

정산 송규

보름달 떴다 일년 열두 달 보름달 떴다
전북 익산 북일면
원불교 중앙총부에 가면
보름달 떠 휘영청 대낮 같다
일찍이 경남 두메산골
진리에 굶주려
호남을 헤매다가
소태산 박중빈을 만나서야
진리의 밀물 만났다

영광 구인회 시절
극도의 고행으로 교단이 시작되었다
노동과 정진
밥 한 그릇인들
옷 한 벌인들 달지 않았다

그런데도 소태산과의 삶은 기뻐 어쩔 줄 몰라
소태산이 아우님 아우님 했지만
어느날 깨쳐 놀란 뒤
소태산이 형님이 아니라
스승이었다
이크 큰일날 뻔했구나
하고 그 다음날부터 꿇어엎드려
스승의 진면목과 만났다

그 스승의 법을 이어받아
큰 연잎사귀
아름다운 연꽃 피웠다
그리하여 원불교 첫 시절이 열렸으니
곳곳마다 부처요
일일마다 불공 아닌가

그의 사상 여기 있어
온 세상을 하나로 노래하니

한 울안 한 이치에
한 집안 한 권속이
한 일터 한 일꾼으로
일원세계 건설하자

하라가 아닌 하자

박태준

국가재건최고회의 부의장 박정희의 비서실장이었다
군복 정장을 입으나
군복을 벗으니
곧장 일본 사무라이 같은 사람
이 사람이
한국 무쇠의 대장부였다

일본의 제철을 억척으로 배워다가
일본 제철을 능가한 대장부였다

포항 영일만 갈대와 세모래 갈매기 대신
시뻘건 쇳물이 흘러가며
식어가며
한 덩어리 무쇠가 되는 곳

세계 6대주가 그를 탐냈다
박태준 그로 하여금
석기시대
청동기시대 지나
철기시대 지나
이제야말로
그의 무쇠와 더불어
한국이 중공업의 나라가 되었다
어느새

어느새

영일만 해 떠오르기 전
벌써 용광로 불빛에 그의 큰 눈이 오랜 의리같이 이글거린다

샛강 봉사

경기도 소래에는
강이 있다
어느덧 바다에 이르러 는정대는 짠물투성이
강이 있다

그 강을 바라볼 수 없는 서필석 노인
언제부턴가 시각을 잃고 못 찾았다

물참 때면
밀물 몰려와 벅찬데
그에게는
지난날 전쟁 때 다친 허리가 쑤신다
중부전선 부상병이었다
썰물 때면
지난날 염전에서 얻은 속병
배가 쓰리다
제대 후 떠돌다가 염전에 이르렀다

그뒤 시각을 잃었다
백내장인가 뭔가를 앓은 뒤
하루하루 보이던 것이 희미하게 보이다가
그것마저 보이지 않았다
미칠 것 같았다

세월은 그 어둠에도 약이었던가
미친 마음 가라앉아
볼 수 없는 몸으로도 삶은 오늘도 펄럭이는 천막이었다

오늘밤도
밀물 썰물이 달에 의지함이니
서필석 노인도 달의 사람이었다
이 사바세계
지구의 사람이기 전에 눈먼 달의 사람이었다

김홍일

나라 잃은 시절
가망 없던 시절
나라 찾기 위하여 떠나
거기
중국의 여기저기에서
그는 전사였다
김홍일 장군

그 투박한 기상 자랑하지 않아도 절로 솟구쳐
그 넉넉한 내륙의 포부와 여유
도무지 뱁새나 밴댕이속일 줄 몰라
허허로워

무사가 무의 실세에서 놓여나면
문약보다 더 허약한데
그렇다면 그는 종신 무사였던가
허약할 줄 몰랐다

결코 국민의 마음속에 담기지 못했지만
한 인간의 길로서는
곧은 길이었다
오랜 곡선투성이 이 땅의 변전 가운데
그의 검붉은 총신은 곧은 총탄의 길이었다

박용길

천하에 원앙 한 쌍은
박용길 문익환이라
문익환 박용길이라
그들에게는 사랑 때문에 감옥이 있어야 했던가
세월이 갈수록
산머루처럼
능금처럼 농익어가는 사랑

다섯 번 여섯 번 10년 가까운 감옥의 세월이야
그들은 정성스레 주고받는 편지
오직 그것 때문에
한 사람은 안에서 한 사람은 밖에서 싸우며
틈내어 궁체의 편지 썼다

박용길의 아름다운 한글 붓글씨 보노라면
그것도 남편 문익환에 대한 사랑이었다

한반도 여인 가운데
이만큼 넓은 마음 있는가
방금 벼락 따위 떨어져 없어진 희뜩한 바다
세상의 찬바람에 휘날리는 빨래처럼
이만큼 이웃과 남에 대한 축복의 마음 있는가
몰라

수유리 집 대문 항상 열려
거기 가서 사랑을 배울지니라
조국이나 부부가 하나인 사랑 그것

그러나 그녀가 입은 사각팬티는
누덕누덕 기운 걸레 사촌이었다
그렇게 사치 없이도
늦은 봄 늦게 핀 봄길 꽃밭이었다

이재선

대원군 서자 이재선
대원군의 아들 그 누구보다
빼어난 이재선

민비 친정으로
대원군은 빈손이 되고 말았다

그 아버지 재집권을 위한 궁색한 쿠데타가 실패했다
주동 이재선은 제주도 유배지에서
사약을 받았다

이와 같은 권력의 단역이 있다
길가의 잘생긴 돌멩이로 아까운 차돌멩이로

이희호

김대중의 아내라면
처음부터 파란의 아내일 터
아내 노릇 의연하여
동서남북으로 다녀야 했다

지난날 빼어난 유학생이었다가
빼어난 Y여성운동가였다가
그런 것조차
지난날로 돌려버리고

마음은 탈 대로 타고
썩을 대로 썩어
어느새 충청도 농가 푸짐한 두엄인 양
이른 봄 김이 피어올랐다

김대중의 아내라면
생애 절반은 어김없이 생과부 노릇 아니었던가
그렇지만 가느다란 몸이야
오늘도 내일도
진부하기까지 한 의지로 날 저물어
벼랑진 볼 단정했다
그 아래 어깨 단정했다

김석중

재야에서는 3·1사건이라 한다
정부에서는 3·1사건이 못마땅해
명동사건이라 한다
3·1민주구국선언사건의 한 사람의 아내

기독자교수협의회 의장
해직교수협의회 대표도 지냈던 사람의 아내
그 사람 소정(小丁) 이문영의 아내
막 뽑아낸 파처럼 새롭게 매웠다
싸아
싸아

지난날 총각 이문영이 선보러 갔을 때
마당 수곽에서
요강 씻는 뒷모습 보고 마음에 딱 들었던 아가씨
경기고녀 아가씨

가을 배맛 차라리 서러워라
다음해 흐드러진 앵두나무 가지 휘어져라
민주주의 그것 하나 실현하는 사람의 아내
영어사전 불어사전 너덜너덜 걸레 만든 사람의 아내
늘 생각에 잠기다가
생각에 울다가 하는 사람의 아내
거짓말 한마디 못하는 사람의 아내

주색도 없이 비리도 없이
이마에 모기 앉아도 잘 쫓지 않는 사람의 아내

그 사람 마음속에 가득 찬 사랑 하나
느린 걸음 하나
굼뜬 말 한마디의 아내

똑! 소리 난다
부엌의 그릇들 그대로인데
쨍그랑! 소리 난다

끝내 말 한마디도 메조소프라노쯤 노래

박영숙

지혜보다 더 좋은 것은? 여성이다
여성보다 더 좋은 것은? 없다
이런 말이 있었지
셰익스피어 이전
초서의 말이었지 아마

쉰살 가까운 총각 안병무
키르케고르의 무덤에 가서
파혼한 여자가
다른 남자와 함께 묻힌 무덤에 가서

그 자신도 독신으로 살겠다고 맹세한 안병무
그 우수의 철학에다
안병무의 신학이 겹치면
얼마나 황홀할까

그러나 안병무는 서울로 돌아와
아내 박영숙을 만났다
여성운동 종교운동으로 다져져
결코 생활의 저속 없이 다져져
50명의 마당 손님에게도
눈 깜짝할 사이
푸짐한 음식 차려내는 잔칫상으로 다져져

늘 허드레옷만으로 흡족
칼뱅주의인가
초기 개신교의 극기와 청빈주의인가
결코 아니로다
튼튼한 준비에
적이 없고
동지만 있어라

까다롭기는
조심스럽기는
그런 남편 푸짐한 마음으로 잠재운다
그녀 자신의 까다로움 포기한 채

그래서였지
한때 남편이 버클리 강의 도중 위독했을 때
식물인간으로라도 숨쉴 수만 있다면!
하고 눈물바람 따위 생략한 채 중얼거린 밤

이종옥

이해동 목사 부인
저기서부터 손 흔들며 벌써 웃음이 터진다
종로 5가 일대가 환해진다
그 잡답 아니면
그 전경 대기하고 있는 긴장의 거리
거기에 작약꽃이 활짝 핀다
이종옥

내가 아는 사람 가운데
공동체 최선의 인물이 그녀이다
지를 말하지 말라
덕을 말하지 말라
체를 말하지 말라
그런 것들을 통틀어 부수어 가루 내어
큼직한 몸 안에 가득히 담고 있다

장부인가
그래서 궁하게시리 여장부인가
슬픔 깊은 것이야
누가 모르랴
누구라도 만나면
온통 기쁨이라
슬픈 찬송가도 기쁨이라

이해동

갈릴리교회 막내 역할이었다
문익환 장준하 안병무 문동환
이문영 이우정 등 그런 사람 가운데는
은사도 있거니와
두루두루 선배였거니와
집도 절도 없는 떠돌이 교회
이번 주일은 이 집에서
다음 주일은 다른 집에서 모이면
그것이 갈릴리 어부들의 모임이었다
여기야 무식한 어부 하나 없이
다 먹물

그런 교회에서 성큼 키가 웃자라
가장 약한 사람이라고
그 자신을 고백함으로써
그의 몸속의 맹수 한 마리 겸허하게 숨긴다

목사 노릇 몇십년
집 한 채 없이
다못 아이들이야 맨드라미처럼 길러
모란꽃처럼 길러
유신독재에는 노호 터뜨리지만
그 밖에는 늘 웃다가 웃다가
술 한잔 마시지 않고도 꽉 날 저문다

문동환

중앙아시아 어느 황야에서 기마부족의 자손으로 태어난 사나이인가
하지만 처음에야 오랜 유학생활
영어로 먼저 생각하고 영어를 국어로 옮겨 말했다
그것이 숨은 고민
그러다가 70년대 줄기찬 고난이
그를 한국사람으로 다시 단련시켰다

서대문 감옥에 들어가서
절도 강도 깡패 소매치기 사기꾼
그런 사람들 만나
거기서 민중의 모습을 깨달았다

몇번의 감옥 밖 달동네 방문으로 모를 일
그곳에서 갇혀 비로소 그는 민중의 이웃이었다

문익환 문동환의 아버지 문재린은
도리어 문동환이 걷잡을 수 없게 앞장설 줄 알았다
처음에는 그랬다 그래야 했다
그러다가 형 문익환이
뒤늦게 아우의 길 앞장섰다

그의 신학은 현실의 과제였던가
신학이 아니라 교육학
언뜻 비 흠뻑 맞은 모습

그것은 영락없는 지친 사도행전이었다
소아시아 하나둘 흩어질 때의

서귀포 김태연

제주도 서귀포에서
『생각하는 백성이라야 산다』를 읽고
함석헌 옹을 무식하게 섬기기 시작했다
스승이기보다 성인으로
70년대 접어들어
아예 서귀포에서 서울로 와
한 달에 쌀 한 가마씩 사들여

원효로 비탈 함석헌 옹의 집에 빚 받으러 들어갔다
그만이 함옹과 침식을 같이한 사람
온갖 궂은일
험한 일 뒤치다꺼리
함옹의 심부름 잔심부름 다했다

뭉툭한 사람
상고머리
제주 동지나해 비바람에도
끄떡없는 돌담이
아무런 술책도 없는 돌담

천안 씨올농장 실패하자
씨올농장이라는 이름을 이어
서귀포 씨올농장을 차렸다

동양란이야
서양란이야
제주 한란이야 그 사람이 그 속내 빤히 안다
함석헌도 난에 관한 한
거꾸로 그가 스승이었다

구시렁구시렁

서울 화곡동 화곡국민학교 건너편에는
화곡동 개발 첫번째 국민주택 한 채가 그대로 있다
담장 블록 다 무너졌고
현관 강판문짝도 녹슬어 너덜거린다
그런데 그 집의 주인 이정구 영감한테
1년 전 마누라 잃은 뒤
슬슬 바람 일어 실어증이 찾아왔다

세월이야 흘러 흘러
새벽 잠 깨어
한밤중 잠들기까지
항상 입을 열어 구시렁구시렁

바람 불어도 구시렁
비 와도 구시렁
진눈깨비 구시렁 안개 는개 구시렁

그런 집인데 밤손님 들어왔다가
방 안에서 구시렁거리는 소리 듣고
이크 안되겠다 하고 그냥 갔다

하기는 그 낡은 집에 고려청자 있다는
헛소문이 났으므로
청자 안에 담긴

구시렁구시렁만 남고
진작 청자는 누가 먼저 가져갔나
그 집 마당 우거진 띠풀에 발 걸려 넘어지기 십상인데

이동인

왕조 말에는 혁명승려가 등장한다
고려말 신돈의 개혁 6년
고려 백성
오랜만에 가슴을 폈다
그러나
누대의 술수가 가만두겠는가
그를 역적으로 주살

바로 그의 개혁이 길러낸 신진사류 가운데
정몽주 정도전 윤소종 들이 있다

조선말 한말 이동인의 개화운동은
처음으로 동북아시아를 깨달았으나
오랜 봉건세력의 혐오에 걸려
대원군 쪽이 죽였는지
양반 쪽이 죽였는지
청나라 이홍장이 죽였는지
아니 일본 쪽이 죽였는지

그러나 그로 말미암아 또 다른 근대가 시작되었다
하기야 불교는 시대의 말기마다 새 세상을 확신하므로

장기려

지금도 창밖에 비가 내리는 날이면
나는 비에 젖어 걸어오는
당신의 발소리를
미처 듣지 못할까 염려되어
창문을 열어놓고
당신을 기다리곤 합니다

1·4후퇴와 함께
분단 이산의 부부로
분단 이산의 조국을 살며

언제까지고 새로 아내 맞아들이지 않고
홀로 간이침대에서 자고 깨어

부산에 정착 허술한 병원 차려
병든 이 가난한 이
누구 하나
그의 의술의 손길 사랑의 손길 닿지 않은 이 없다

그러기에 일찍이 이광수 『사랑』의 주인공 모델이라지
서울 함석헌이
부산에 슬쩍슬쩍 자주 가는 것도
다른 일과 더불어
장기려 그 거룩한 모습 아우로 형으로 그윽이 만나러 가는 것이었지

박보희

누가 뭐라 하든 불거진 대장부
누가 뭐라 하든
호랑이 얼굴로 보무당당
주미 한국대사관 무관이었다가

교주 문선명과 만난 이래
통일교 제2인자로
70년대 북미대륙을 누볐다
맨해튼의 까마득한 고층건물도 사들였다

미국 하원 청문회에서
도리어 융단폭격으로 역공함으로써
프레이저가 탄식하기를
"오늘은 일생일대의 수모를 받았노라"

70년대 중반
한국 정부와 통일교가
미국 조야를 매수한 혐의의 코리아게이트
박보희가 탄식하기를
"미국은 한국이라는 고유명사를
더러움이라는 보통명사로 만들었다"
한국의 배짱으로
그는 벌떡 일어섰다
밤이 곧 질펀한 낮이 되었다

문혜림

한국명 문혜림
미국 뉴저지 명문의 외동딸이다
문동환과 한 대학 한 동아리
진지한 토론
허황해서는 안되는 토론
그만 문동환이 방귀를 뿡! 뀌었다
정작 문동환은 아무렇지도 않았다
토론을 이어갔다

그때였다 그 미국 외동딸이 감동했다
동양인은 방귀 뀌고도
태연자약 토론을 하는 진지한 모습
그뒤로 그녀는
방귀 뀐 한국 남자의 아내가 되어
한국에 와

도봉산 밑 거기에서 연탄 아궁이에
연탄 갈며
수도 얼면 우물물 길어가며 한국 아낙이 되었다
신혼 시절
신랑의 밤일이 서툴면
시아주버니한테 꼬치꼬치 상담해가며
아들딸 낳고 잘도 잘도 살아갔다

구속자 가족 집회
방귀가 아니라
큼지막히 싸놓은 똥무더기인 듯
구수하게 농담 터뜨려
웃음바다 만든다

삼두매

세 머리 달린 매가 있어
한 머리로 앞을 보고
한 머리로 뒤를 보아
또 한 머리 돌려
위아래 보아

하늘 높이 날아올라 아득히 날아올라
저놈이다
저놈이다

조선 탐관오리 가려내어

그 매서운 눈 부릅떠 급강하로 내려와
그 매서운 부리로 온몸 찍어대니
조선 4백년
청백리 2백
온통 탐관오리투성이
백성의 이름으로 찍어대니

장할사
만백성의 비원 원한 구름에 사무치면
세 머리 매 날아올라 어제도 오늘도 내려온다

이재정

짙은 머리숱
짙은 눈썹
튼튼한 마가목 목재 같은 몸
짙은 눈빛 아래
입 찢어지도록 웃는
그 평화
그 확신
늘 넉넉하게 남아도는 기쁨

천주교 예장 기장 감리교 등
각 종교 각 교파 한가운데
그것들을 중재하기를 마다하지 않는다

인권 70년대의 성공회 신부
그 누구도 그와 원수 될 수 없다
처음 만난 사람도
마치 북간도 동포 집에서인 듯
오래전부터 아는 사람으로 받아들여
밥상 차린다
강론이나 성명 그리고 비밀회합투성이지만
언제나 새신랑처럼 싱그럽다

성공회 정동 본당은 1920년대 이래 아직 완공되지 않았는데
집보다 사람이 먼저 완공되었다

임형택

젊음이 있었던가
철없이 치솟아나던 젊음이 있었던가
처음부터 무궁무진 숨겨

우렁찬 목소리만이 소리일 때
두런두런
잘 마른 솔잎 땐 마을
저녁 냇갈 자욱한 뒤
불현듯
호롱불 밝혀

그의 호수 위 떠오르는 말소리가 비로소 들리나니
얼씨구
거기 거짓 없는 박식의 향기 피어오르나니

유홍준

1970년대 내내
석양머리 말 탄 청년이었다
히잉히잉

그가 탄 목마조차
힘차게 생말로 내달렸다
내달릴 때는 바람찬 싸움 속에 있었고

워
내달리지 않고
긴 꼬리 쳐
걸어갈 때는 미와 미학이었다
모두 다 가장 정치적일 때
긴 얼굴 치켜들어
입과 손의 말과 글 찬란하기 시작하였다 예가 새로움이었다

김효순

서울대 재학생이 아니라 졸업생
키 자그마해 잘 눈에 띄지 않는다
민청학련사건 1심 무기
2심 징역 20년 자격정지 15년
그 선고야 그렇다 쳐

1년도 못 되어 나와
다른 동지들 세상에서 현란한데
그는 도무지 눈에 띄지 않는다
아직도 감옥에 남아
어느 집회에서나
어느 술집에서나 화려하게 나서지 않는다

그가 감옥에서 나오는 날도 몰라
나온 뒤에도 몰라
혼자서 당당하게 말 없다

안으로
안으로
지식과 성찰 깊어가는 밤
그런 밤이
반체제의 격론 저만치 있어
겨우 말 한마디 나와도
아주 짧다

휩쓸리지 않아

아주 짧다

아마도 그야말로 한국의 과장 없는 로고스인가

김영

한여름 8월에
두꺼운 겨울외투 치렁치렁 입고 나선다
명동거리

대학 철학과 학생이므로
장차 디오게네스가 될 것인가
메말라가는 세상
이런 녀석 있다

한겨울 1월 2월에
느닷없이 파란 팬티 바람으로 나선다
명동은 아니지만
집 근처

황량해가는 세상에
이런 녀석 있다

장차 무엇이 되지 않아도 좋아라
김소운 김한림의 아들
민청학련 홍일점
김윤의 남동생
무엇이 되어도 좋아라

도예종

중앙정보부 지하실 2층에는
아예 숙직실이나
핏자국 따위 깨끗이 닦아낸
조사실에서 사는 사람 있다
충북 괴산 산중 출신
여러 고장 살다가 왔다
일제시대 이래
여기저기 경찰서 사찰계 형사보였다

그는 벌써 몇번째 들어온 지하실의 나에게
어느날 밤 자랑했다
내가 성균관대 교수 불온한 놈을 맡았노라고
내가 인혁당 도예종을 맡았노라고

1964년 인혁당사건
담당검사가 기소할 것이 없다고 폐기했다
다른 검사가 맡아 기소했다

그 조작사건 10년이 지난 뒤
군이 민청학련 배후조종자들로 조작
모조리 사형수로 만들었다

그뒤 나는 서대문구치소 3사 상 6방에 들어갔다
이웃방 사형수가 알려주었다

도예종의 방이었다고

한 사나이가 민족이나 국가를 고민한 죄였던가
터무니없이 넥타이공장 끌고 가 덜커덩! 목매달았다
박정희 잠든 새벽이었다

오래된 포플러나무 새소리 차라리 잔망스럽다

김상현

산에 올라 허공을 만나라
배포가 크기보다
배포가 터져 허공
내려오면
사통팔달이라
그는 이미 여기저기다

전갈보다 더 미워하는 사람조차도
덥석 껴안아
끝내 사랑하게 만드는 사람

죽어가는 사람과도 화해한다
그 타협은 투쟁보다 한수 위

본질적으로 야당이지만 궁극적으로 여당 야당이 벗은 사람
하루인들 바람 잔 적 없다
세찬 바람
듬뿍 받아
돛폭 팽팽한 사람

부모 잃은 소년 시절부터
오직 정치의 꿈 부풀어
20대 국회의원 이래
바람 잔 적 없다

바람 잔 적 없다
이상한 일이다
감옥 5년이야
그렇다 쳐도
3공 5공의 17년 공백 지나도록
그는 내내 현역 정치가였다

결혼식 신부 반지도 금은방에서 빌려다가 끼워주고
첫날밤을 청진동 허술한 여관에서 보낸 이래
그는 내내 현역 정치가였다
저 밑바닥 진흙탕에서 솟아오른 한 마리 이무기 같은

담배 선

담배 선이 좀더 독했다
70년대
분홍빛 담뱃갑이 화려했다
넥타이 따위 초라하면
그 담뱃갑이 대신 거들었다

담배 거북선이 덜 독했다
중앙정보부 수사국 내 담당
공채 사무관이었다

내가 거북선만 하루 세 갑 피우는 것을
선으로 바꾸라는 충고
때로는 남산 기슭
중앙정보부 지하실에서도
20여일 갇혀 있는 동안
피범벅으로 서로 정들어
미워
미워
정들어
이런 정다운 권고

어서 불어요 불어
살아나갈 작정이면이라는 으름장 따위
다 사라지는 충고

그뒤로 나와
선으로 바꿔 피웠다
훨씬 좋았다

선 한대 피워물면
신촌 소줏집
서른살 주모가 따라주는 술
핑그르르 눈물이 되었다

신과장

남산 중앙정보부 신과장
항상 정장이다
70년대로는 드물게 드물게
비싼 허리띠
비싼 시계
비싼 구두 번드르르
이브생로랑이던가 뭐던가
던힐이던가

드문 미남이라 밖에서 안에서
지상에서 달 뜨고
지하에서도
하얀 벽조차 눈뜬다

그가 지하실 조사실 2호실에 납실 때는
비싼 금테안경 속 눈동자
형광등 불빛 받아
한번 더 싸늘
내가 앉은 의자 다리를 박차
내가 엉덩방아를 찧는다

그대로 씨멘트 바닥에 꿇어앉아
너 여기를 단골집으로 알지
이제 10년짜리 감옥으로 보내줄 테니

단골 끝내

너 아무개 새끼하고 계획한 것 어서 말해

김종완

일찍이 젊은 날
유치송과 함께
해공 신익희의 비서였다

그는 자유당 말기부터 감옥을 개척했다
4월혁명 그날에도
그는 재판받으러
정동 재판대기실
그 비둘기집에 갇혀 있다가

재판이고 뭐고 다 흐지부지되자
누군가가 수갑 풀어주어
그길로 세상에 나왔다

한일굴욕외교 반대투쟁
조선호텔
국기게양대에 올려진
일장기 내리다가
그것을 말리는
경찰에 의해
바지와 팬티까지 다 벗겨진 채
불알이 달랑거렸다
모두 와르르르 웃었다

70년대 내내
빛도 나지 않으며
함석헌 천관우
그리고 나 같은 사람에게
그 가난에도 불구하고
냉면 사주고 통닭 사주었다
타고나기를
누구에게나 베푸는 일이 그의 현실정치 전야제였다

경순왕

신라 마지막 임금 경순왕
임금이랄 것도 없었으리라
누가 들이닥쳐
한동안 거기 앉아 있거라 한 것이므로

그 임금이 고려 송도로 가서
왕건의 용상 아래
뜨락에서 절을 올렸다

그런 뒤 목숨이야 보전했건만
처량한 세월 지나
경기도 연천 고랑포에 묻혔다

그런 뒤로 고려 중기 이래
송도 이남의 절이나 신당에서는
김부대왕으로 섬기고 있으니

죽어서 이 나라의 신이 되어 두루두루 섬겨지고 있으니

이석표

상소에는 주소(奏疏) 진소(陳疏) 장소(章疏)라
실록이나
승정원일기 등에는
역대 신하의 상소 줄거리들
간략하게 남아 있다
어떤 것은 잘못 남아 있다

그런 상소 올린 가문의 문집에는
전문의 초고가 남아 있다
그런데 그 전문이라는 것이
하나같이
바다에 이르는
긴 강이고자 장황하기 일쑤

70년대 젊은이들 밤에 모이면
이 사람도
저 사람도 서론 본론 결론 그리고 보론이라
아까운 밤
지루하고 지루한 밤
그렇게 보내고 해 뜨고 만다

넘어야 할 산 첩첩한데
그래서 긴 상소를 약술한 차자(箚子)가 있었던가
70년대는 차자 없는 시대

거기에 이석표 하나 있다
늘 말없는 입
늘 말없는 안경
얼굴에
말없는 주근깨도 서넛
일어서도 동지들 사이 잘 보이지 않는다

김찬국

민청학련사건 이래 직업란에 해직교수라 썼다
그런데 얼굴 그늘 한 쪼가리 모른다
늘 웃는다
늘 아름다운 웃음이라

그의 아내가 되어보면 알겠다
아마 그는
잠잘 때도
웃으며 잠잘 것이다 틀림없이

그의 운명이 되어보면 알겠다
아마 그는 장차
웃으며 묘지에 묻혀 있을 것이다 틀림없이

구약성서도 온통
농담으로 농익어버렸으니
어느 대목도 경건하기보다 다정히 음담패설이 되었다
그렇게 성서가 그저 허물없을 때
궁극이 바로 그것이겠다

감리교 목사이건만
늘 초교파에다가
늘 초종교에다가
가는 집 마당마다 꽃덩어리 웃음 가득하겠다 틀림없이

화가 박수근

가난과 순수와 떨리는 선의가 함께 흘러가
적막이었다

나뭇가지 하나도
너무 길었다
나뭇가지 잘린 듯 멈췄다가

비탈진 동네 가게에 들러
마른 사과 몇알 사가지고 돌아간다

아이들이나 아낙이나
적막이었다

이토록 화려할 줄 모르는 조선의 예술이
오래오래
그의 예술을 배반하며
미치도록 화려할 줄이야

허백련

1977년 2월
87세 의재 허백련 옹이 눈을 감았다
작품 1만여점

유신시대의 싸움에서는
이런 사람이 죽어도 그만
살아도 그만이나
그 싸움이 지난 뒤에는
싸움보다
한 갈필(渴筆) 산수도가 더 눈을 뜬다

그의 말년은
일제시대 사회주의자 김철수가
항상 함께 있었다
어디 갈 데 마땅치 않은
지난날의 비장한 혁명가가 혁명이론가가

늙은 예술가의 화실에서
흠
흠
하며 팔짱 낀 채
절반 대중은 화가가 되어 더부살이로 앉아 있었다

탁희준

가령 무정부주의자든가
허무당이라든가
식민지시대의 청춘에게 있어야 했던
그 혁명적인 이유들이
아무런 실감도
흔적도 없어졌을 때
그런 일 가까이 몸담은 바도
하염없는 지난날일 때

전후의 종합지 『사상계』를 통해서나
드문드문 저서를 통해서나
화석화된 사상에
어떤 늦가을 이삭과 같은 가능성을
가만히 제시하는 일
그것도 아니라면

성균관대 가파른 길 내려오는 일

다시 한번 시대가 지나
사방을 돌아다보아야
다시 한번 아무런 흔적도 없다
몇해 전 전선에 걸린
연의 연살만 삭을 대로 삭아 남아 있을 뿐

요즘 아나키즘은 무정부가 아니라
지역공동체 이론이기도 하다는 것 그 이전

홍사중

가을밤 네온싸인
한국의 심미적 지식인이 걸어간다

문득 일본 동경 같은 서울 태평로거리

리영희

70년대 대학생에게는
리영희가 아버지였다
그래서 프랑스 신문 『르 몽드』는
그를 한국의 젊은이들에게
'사상의 은사'라고 썼다

결코 원만하지 않았다
원만하지 않으므로 그 결핍이 아름다웠다
모진 세월이 아니었더라면
그 저문 골짜기 찾아들 수 없었다

몇번이나 맹세하건대
다만 진실에서 시작하여
진실에서 끝나는 일이었다

그의 역정은 호(好)는 호이고 오(惡)는 언제까지도 오였다

냉전시대의 우상을 거부하는 동안
그는 감방 이불에다
어머니 빈소를 마련하고
구매품 사과와 건빵 차려놓고
관식(官食) 받아 차려놓고
불효자는 웁니다

이렇게 세상 떠난 어머니 시신도 만져보지 못한 채
감방에서 울었다 소리 죽여

문정현

전북 익산 황등 화강석 바위산 아래
문씨 일가는
온통 천주교였다
그의 형제 정현 규현이 신부이고
그의 누이들
다 수녀였다

온통 빈집 남겨두고
교회로 공소(公所)로 갔다
어머니까지도

일체의 위선이 거부된 신부
주먹 불끈 쥐면
싸움패가 되어버린 신부
인혁당 처형 시체 화장장으로 가는데
그 차 앞에 벌떡 누워
나 깔아 죽이고 가라고 맞선다
그러다가 차바퀴에 다쳐
평생 절름발이가 되고 말았다

정의 없는 사랑은 사랑이 아니었다
교회 안에서
그는 천주한테도 별로 말이 없다

그의 성당은 늘 두메 성당
부모가 들에 나가면서
문밖 말뚝에
아이 묶어놓고 간 것을 본 뒤
그 어린아이 하나하나 맡아놓은 성당

도시의 찬란한 성당은 그의 집이 아니다

문규현

형 문정현 신부 뒤
신부가 되어
젊고 풋풋한 신부가 되어
처음에는 형의 고행 섬기다가
나중에는
형 이상으로 뜨거워진 신부가 되어

어쨌거나
어쨌거나
판문점을 넘어온 가슴 타는 용기였다
임수경 양을 데리고

감옥에 있거나
감옥에서 나와 외풍 센 사제관에 있거나
남몰래 시도 쓴다
어떤 시일까
어떤 호수에 돌팔매 던진 물무늬일까
툼벙
그 뒤에 그가 서 있다

한승헌

진안 산골 어린 시절 나무꾼이었지
나뭇짐지게 지고 일어나다가
벌렁 넘어지기도 했겠지
그 나무꾼이
어쩌다가 법과대학에 갔지

말이 입 열자마자 술술 흘러나와
공안부 검사
그리고 내내 변호사
인권변호사
민주변호사
그러다가 피고인까지 되어
변호사 자격 내놓아야 했지

어느 누구
그의 변론 없이 재판 끝났던가
깡마른 얼굴
깡마른 몸
걸어가기보다 하늘하늘 날아간다

어디 가나 그의 재담에 와르르 웃음 무너진다
동서남북
어디 가나 친분 나누어
와르르 웃음 무너진다

조화순

여자 목사 처음 보았다
햇볕 쨍쨍

그 여자 목사의 방은 어두컴컴했다
인천산업선교회
이 방
저 방 퀴퀴한 담요 냄새

동일방직 노동자들과 함께 살고 있었다

싸울 때는 그 새된 목소리
햇볕 쨍쨍
쨍그랑 유리 깨어지는데

그러나 깊은 밤 그녀의 기도는 어머니였다 진한 누님이었다
일찍부터 새치머리
도금이빨과
똥그란 두 눈동자 빛났다

그녀의 목소리는 소녀 이래 그대로였다
1934년생 개띠라
동갑내기 개띠클럽
박현채
한승헌

김중배
조화순 들 걸어가다가

뒤처진 조화순 소리지르기를
이 개새끼들아
그래 민주화도 못해
통일도 못해
이 개새끼들아

송기숙

누가 이르기를 누가 정색으로 말하기를
천연기념물 송기숙
광주는 그가 있어 광주가 참다웠다
아무리 바람 찬 세월일지나
그가 있어 광주의 밤이 착하디착하였다
70년대 후반 이래
세칭 교육지표사건 이래
그의 행로는 위태위태 아리따웠다

광주
그곳의 가능성과 허구성 다 부여안아
방금 매운 것 먹고 난 듯
얼얼한
얼얼한 그의 얼굴

홀로 고상하지 않다
홀로 저속하지 않다
홀로 고상과 저속 파묻어
차라리 어련무던 어리석었다

그에게 가거라
원시 비슷한 것 짐작하려거든
그에게 가거라
고대 비슷한 음덕을 맛보려거든

그는 손으로 쓰다가 발로 쓴다
차라리 정신 따위는
자칫 관념을 낳아버려
그는 몸으로 쓴다
소설『암태도』를
소설「재수 없는 금의환향」을

옛날 소씨(昭氏)가 거문고를 뜯을 때
한 소리만 나고
다른 소리는 나지 않았다
과연 그의 벗 사광(師曠)
지팡이로 땅을 쳐 반주한 까닭이 어디 있을까
거기 송기숙이 히힝히힝 풀 뜯다 만 말처럼 웃으며 돌아다본다

김경징

평소에는 몰라
해 뜨고
해 지는
평소에는 몰라

무슨 일 일어나야 알아 봉화대 불 보아야 알아

병자호란 때 김경징
강화도로 소개된
왕족 사대부 아낙들 지키는 소임

호병이 들이닥치자
단 한번도 싸우지 않고 달아났는지 눈도 코도 없다
그 겨울 왕족이니 마나님이니
다 망가지고 말고
갓난아기는 눈 위에 기어다니다가 얼어죽고 말고
혹은 죽은 어미의 젖을 빨다가 얼어죽고 말고
언제 달아났는지 눈도 코도 없다 김경징 장군

서남동

큼직한 얼굴이
큰 눈썹
큰 눈 큰 안경
큰 코
큰 입
큰 귀를 지탱하기 어려웠다

옆사람이 아직 한 그릇도 다 비우지 못하는데
벌써 국수 두 그릇째 시켜
달랑 비워버렸다

식민지시대 일본 동지사대 신학
분단시대 캐나다 토론토 임마누엘 신학
연세대 해직교수
유신시대는 민중신학 앞잡이

세상의 신학은 방내(方內)신학
그 자신의 신학은 방외신학
방외가 방내를 치열하게 꾸짖으며
누구보다 더 민중신학
끝내
인간이라는 말조차 부정하고
민중이라는 말 내세웠다

꾸미는 일 일절 없다 들어올린 손 내린다
그의 걸음마다
오래오래
싫증내지 않는 두부장수 걸음마다
아들딸 열쯤은 출무성히 키워낸 듯 낼 듯
아들 하나가
어릴 때 폭약놀이로 눈멀었다
함께 논 문익환의 아들 가까스로 무사했다

신홍범

진실로 신사였다
날 저물어
새들 돌아간 뒤
진실로 신사로 남아 있다

그에게는
어떤 네온싸인도 없다
머리에
겨우 반딧불 하나
달아본 적 있었던가 없다

아는 것 느끼는 것 다 접어두고
싱거운 웃음
너무나 신사였다
그의 실력만큼 해가 졌다

수배된 김정남을 집에 숨겨두었다가
누이를 수배자의 아내로 삼은 것도
그는 가만히 지켜보고 있었다

참으로 신사였고 신사이고 신사이리라
그리하여 신사의 무덤이리라

조준희

볼 뱉어
아니 볼 들어가
거기 의지의 기운이 담겨 있다
잘 모르리라
그 의지 말고
평범하다
그 평범 말고
면밀하다

두 눈 작게 떠
방금 웃은 눈 감은 뒤
10년 전이나
10년 후나 그대로 평범하다
먼 데 바라보는 일 없이
말 드물다

여기 후세의 위엄이 와 있다

저런 사람이 어떻게 반대신문인가 최후변론인가
그러나 피고인석 방청석에서 오른쪽
판사석에서 왼쪽
거기 변호인석에서 경쾌하게 일어나며
그의 조목조목은 산 넘고 물 건너
꽃소식 한다발 가져온다

백기완

강한 것이
이렇게도 자아인 것을

50년대 폐허 명동의 쌍도끼!

강한 것이
이렇게도 웅변인 것을
웅변이었다가
쓸데없이 눈물 한 방울인 것을

그의 손은 가방을 들어본 적 없다
보따리를 든 적 없다
오직 두 눈과 입 하나뿐

그것만이면 천군만마 채찍이니
눈 감았다 뜨면
그도 없고 전사들 다 달려가
오로지 누런 먼지속이다

자아 이외에
자아의 조국 이외에
자아의 조국에 있어야 할 무력 이외에
그에게는 장차 드높이 휘날리는 모국어의 고독이 있어야 한다

한완상

괴로운 날에도
말이 화려했다 벚꽃처럼
그래서인가
괴로움도 한동안이므로
그의 노래 같은 눈은
돌아서며 아름답다 여름 자귀꽃처럼

그래서인가
그의 사회학은 전투가 아니라 연주였다

교회 주일예배
자랑스러이 찬양대 앞에서
찬송가 지휘하는
그의 눈은
돌아서며 아름답다

그의 진보는 보수에 기울어지고
그의 보수는 진보에 기대어선다
이 돌이킬 수 없는 모순으로
그의 눈은
돌아서며 아름답다

신구문화사 이종익

전후 새로운 문학의 근거지였다
신구문화사

한국전후문제작품집
세계전후문제작품집
거기서부터 60년대 한국문학이 열렸다
현대한국문학전집 한국수필문학전집
현대세계문학전집
거기서부터 70년대 문학이 새로운 당위로 접어들었다

주간 신동문은
『창작과비평』의 임시 후견을 도맡았다
창비와 문지가
아직 나누어지지 않을 때
그곳은 저녁때마다
식민지문학이 아니라
의식이 요구되는 나의 문학이 시작되었다
때로는 아주 조심스레
과학이 초대되는 현실의 문학이 시작되었다

하나의 르네쌍스는 그것으로 충분했다
그런 근거지를
개성상인의 복식부기로
신구의 르네쌍스 활짝 열어

키 껑충
시간이 갈수록 벽이 되는 사람 바닥의 사람
이종익으로 충분했다

김병익

내가 아호 하나 던졌지
역사를 들으라고
청사(聽史)!
왜냐하면
그에게는 역사가 거울인 것을 가슴 아프게 아는 까닭
그래서 오늘의 역사 부여안아
사마천 『사기』를 불러
청사!

양심 혹은 양식 이런 뼈저린 것
도깨비가 어둠속에 나타나듯
찾노라면
차츰 그 어둠속에서
그의 얼굴이 인화된다
김병익

그의 얼굴이 어둠의 물속에서
얼룩얼룩 춤추다가
이윽고
한 장의 완벽한 사진이 된다
김병익
그 양심의 사진 그 염원의 사진
안경 속의 무한한 이해와 윤리
그리고 주머니 속 손수건 같은 감추어진 다원의 세계

가령 브로델의『펠리페 2세 시대의 지중해와 지중해세계』
아니면
식민지 실증사관 진단학회가 아닌
초록 같은 동북아시아가 하나 이상 있어야 한다

이우정

신문학 신소설 『자유종』 이해조의 손녀

키 작아 보이지 않아야 하는데
키다리처럼
먼저 보이니 웬일?

그의 너울거리는 말솜씨
나는 늘 땜통이에요 하고 농을 던져보나
그녀는 늘
이쪽과 저쪽 사이
한가운데 서서 잘 보이니 웬일?

도량 넓다
짧은 몽당치마폭으로
공장노동자 처녀들까지
퍼담아
도량 넓다

사실인즉 70년대 수난이 옳았다

그녀는 한신대 강의보다
서울여대 강의보다
기독교회관 강당의 말씀이
더 신명이었다

술술술 나오는 말이나
술술술 나오는 기도나
미리 익은 과일을 잘도 꺼내어놓았다

이광훈

백철
이어령
유종호
이런 사람들을 극복하려는 꿈이었다가
60년대 이래
잡지와 신문의 나날로 길이 접어들었다

키다리였다
키다리 그림자가 길었다

아까 대답하지 못한 것이
이제야 뒤늦게 떠올라
그 대답을 구시렁거리며

마음 하나 정 하나 난바다로 한없이 커서
어느새 배가 고프다

부른 노래 백개
부를 노래 이백개 배가 고프다

김언호

동아자유언론수호투쟁위원회
약칭 동아투위
거기 무더기 해직될 때
그도 해직이었다

한마디로 참 잘 해직되었다
김언호
그는 신문사 보병이 아니라
그 자신의 스키타이 기마민족이었다

마음껏 책을 내어 잔치 벌이는
출판사가 그 자신이었다

70년대 복판
가망 없던 시절
차츰 출판이 하나의 운동이었다

처음에는 집이 출판사였다
송건호 고은 리영희 안병무의 책으로 시작하여
시냇물이
강물 따위 생략
바야흐로 바다였다 지식과 의식의 바다였다

온 세상의 진보에 기여하는 책이 쏟아져나왔다

쏟아져 나와 홍수였다 폭발이었다
김언호는 그런 진압할 수 없는 땅으로 가는
한 떼거리 기마민족
한 대의 탱크가 아닌
여러 대의 탱크
탱크 캐터필러의 굉음

언제 잠드나

변형윤

정절인가 수절인가 상고머리 변함없다
수많은 경제학자 경제인 길러냈는데
그게 아니라
매미 우는 날
동네 복덕방에 앉아도 어울려
시시껄렁한
대폿집에 앉아도 어울려
속 깊이 쑵쓸하게
끓어오르는 것 있어

놀라워라
그에게는 논리보다 감정이 더 강력하다
그래서 논리가 충돌할 때
그의 무대는 울긋불긋 시끌짝

지난 시절
바깥사랑에 남정네
안사랑에 아낙네
한날한시
그 두 곳에 나타나도
썩 어울려

같은 황해도 출신이나
곡산땅 이승만을 죽어라 싫어해서

때로는 곡산땅조차 쓰거워해서

큰 마을 장승으로 서면
마을에 들어오거나
나가거나
한번씩 쳐다보아야 하는
추웠다가 바로 따뜻해지며
떠들썩해지는 그 물소리 들어야 하는

그 사람

으레 그는 묵직하게 웃었다
황갈색 웃음에 무게가 있어 추가 달려
아래로
아래로
그 웃음은 금방 가라앉는다

고비사막에는 쌍봉낙타가 터벅터벅 지나간다

가장 숨막히던 시절
그는 나타나지 않으며 뒤에 있었다
뒤에서 일하고 있었다
숲속의 어느 샘물처럼 흥건히 혼자

그렇게 그가 나타나지 않는다 하여
어찌 그가 우리와 더불어 있지 않겠는가
때로는 칡즙으로 달착지근하게 먹물로 퀴퀴하게
우리를 밀고 있었다
때로는
우리가 처지면 앞장서기도 하며

그는 웅변 없이
장군잠자리같이
큰 머리통
곧은 몸 하나

어떤 과장과 만용 없이

그 사람 이름 몰라 끝내 몰라

박형규

춤 한판으로 사도 바울 따라가

싸움이나
진리나
그토록 멋들어질 줄이야
몇번이나 사울이 바울 되어

지학순

강원도 두메산골 사람들에게
그의 몸이 바쳐져
어느덧 그도 두메산골 사람이었다
평안도 장부 하나
잔재주라고는 통 모르고

주교관 마당에서 소주 마시며
박정희를 서슴지 않고
개새끼라고 퍼부어대는 두메산골 사람이었다

사랑과 연민으로도 힘차고
분노로도 힘찼다

천주교 원주교구
몇번인가는 싸움의 발상지였다
시위대열 복판
항상 그가 있었다

오랫동안 그의 뒤에 이창복이 있었다
그의 앞에 김지하가 있었다

그러나 치악산 긴 자락의 먹밤에는
그는 병과 기도가
그의 동지였다

이문구

하늘 아래
이런 진국 계시어라
질척질척하게시리
함박눈 퍼부어
퍼붓자마자 녹아

거기 오랜만에 주저앉은
늙은 황소 등짝 파리 몇놈 앉아도
두 눈 지그시 감겨
그 언저리 숨었다 나온
이른 저녁 진국 계시어라
엉뚱하게시리

수로 이전

아직 나라 이름도 없었다
임금 따위
신하 따위 이름도 없었다
다만
아도간
여도간
피도간
오도간
유수간
유천간
신천간
오천간
신귀간 등
아홉 간이 있어
백성 1백 호 7만5천을 에워 다스렸으니
산 밑에 우물 파 물이 달았고
밭 갈아
땅 기름져
남방에서 건너온 곡식이 뿌리내렸다
김수로 내려오시기 이전
가장 꿈 같은 시대
그때가 꿈 같은 시대인지 아닌지도 모르며

소설가 이병주

이데올로기를
이데올로기 멜로드라마로 그리는 사람
이데올로기를
이데올로기 추억으로 노래하는 사람
소설가 이병주

그의 소설들은
언제나 과거
언제나 현실이되
현실인 양
비현실적인 회한의 반동

그가 좋아하는 말은
프랑스 영화에서
프랑스 영화 「외인부대」 따위에서
총알처럼 박혀오는 단어 한 개
운명!

그의 숙명인 딜레땅뜨
60년대 초
국제신보 필화사건의 사설 이래
비싼 술
비싼 연애
그리고 비싼 권력 근처 휘영청 밤이었다

이호철

전쟁이 일어나자
그는 인민군
인민군 후퇴 도중
그는 포로로 잡혀
이번에는 국군

조국의 분단이란 이렇게 한 녀석 기구하더라

걸핏하면 죽어가는 세월인데
그 목숨 질겨
제대 뒤
피난지 부산 제분공장에서
허옇게 밀가루 뒤집어쓰고 애오라지 소설 야학을 시작하더라

그의 소설이야 어차피 이론보다 체험이더라
그런 체험이
혹은 판문점에 가게 했고
혹은 민주화운동에 나서게 했더라

인생과
그의 시골품 널찍하게시리
먼동 틀 무렵까지도 긴 회포인지라
그는 작가가 아니라 소설가인가

임채정

입을 열면
막대기로 널짝 두들기는 것 같은
그 다급한 말소리
호남 교육자의 아들로 태어나
호남 유학 기씨 문중의 처녀 맞아
서투른 듯 부부가 되어도

그는 누구의 아들이기보다
누구의 사위이기보다
이제 막 도착한 막차인 양
마음 술렁여

그 순정투성이의 아이디어 가운데는
한줄기 그어지는 번개와 같은
무자비한 직선이 있다

그렇지 않다면
뚝 잘라서
덜 다듬은 채 우뚝 서 있는 돌미륵인가
뒤통수에 휘파람소리 달려

돌미륵에게 무슨 정은 그다지도 도타운지

염무웅

터무니없기로는 20대부터
큰 도량
큰 도량의 글
또한 단호한 글
그의 글이란 씹어볼수록
한말 이래 떨친 기개 이어
오늘의 관능을 얻었더라
무지개 떠

어디 평론가가 그렇게 술이더뇨
허허
허허
허허허

이렇게 서너 번 웃고 나면
어느새 그 흥겨운 술자리
자오록이
밤새웠더라

누가 쌀뜨물을 버리느뇨

걸어가는 뒷모습 출렁이는 청소년인데
멈추면
어느덧 지긋이 장년이더라

백낙청

나중에 사람들이 당파성을 내세울 때
그것을 바로 새김질 마쳐
네 개의 밥통으로 새김질 마쳐
지공무사(至公無私)로 가라앉혀
수놓은 사람

이 사람 없었던들
60년대의 이른 자각인들 그렇다 치고
70년대 그 고행과 더불어
현실참여의 문학
우리 문학
어쩔 뻔했겠느냐

일찍부터 자기 자신에게 엄밀한 사람
남에게 한가닥 감정 보이지 않아
지난날
아버지가 납치된 사실조차
아무에게도 말하지 않는 사람

그에게는 타고난 평상심이 있다 항심 있다
기계가 잘 돌아가는 공공심이 있다

미국 동부 브라운대 졸업생 답사를 한 이래
하버드대 어디에서 머물 수도 있지만

그는 돌아와 애초의 한국사람으로 살아왔다
꿈속에서
영어로 말하는 것을
꿈 깨어 뉘우치며
그의 민족문학론은 단계마다 올라섰다

이 사람 있어
민족문학론 퍼졌고
이 사람 있어
민족문학 버팅겨 세계문학 열려
모진 세월 견디어내기까지

그는 언제나 개념이었다
언제나 개념의 개념이었다
태연자약의 너럭
어제의 벼랑이던
오늘의 너럭

부탁 하나 있기로는
1년 폭음 세 번은 있어야 함

최성묵

길고 긴 도시 부산
거기 가파른 비탈은
일종의 모더니즘이기도 했다
거기 사는 사람들에게는
날마다 갈매기 울음소리의 현실이기도 했다

진지했다
가능하면 올라가거라
가능하면 올라갔다 내려가거라

그런 오르막 비탈에 서면
거기
보수동 중앙교회

그곳이야말로
부산의 반유신 반독재의 본산
최성묵 목사
그는 아무런 수식도 없이
하늘의 정의와 사랑이
땅 위에서는 싸움임을 믿는다
수수하게
수수하게
낙동강 하단 갈대바람 일으키며
믿는다

박봉우

누구보다 날래어라
처녀시가 「휴전선」이었다
누구보다 날래어라
분단을 노래한 스무살 시인이었다

술 취하면 복받쳐 복받치기만 해
명동 은성에서
목대잡이 소리치는 사람이었다

때로는 술의 협기였던가
경무대 앞에 가
소리치다가
붙잡혀갔다 나오는 사람이었다

4월혁명이 그에게는 가장 신났다
그래서 4월의 화요일 피의 화요일을 마구잡이 소리쳤다

그러다가 세상과 어긋나
그의 고향 광주도 작파하고
전주에 가
전주시립도서관의 늙은 사서 보조가 되어
저녁때마다 공짜 막걸리를 청하다가
몇푼 돈도 청하다가
그만 공짜 술에 취해

소리치다가
소리치다가

옛 스님

고구려 소수림왕 2년 진(秦) 땅에서
순도스님이 건너왔다
이어서 동진(東晉)에서
아도스님이 건너왔다
초문사를 지어 순도를
이불란사를 지어 아도를 머물게 했다

백제 침류왕 1년
마라난타스님이 왔다
제자 열 사람이
그를 받들게 했다

신라 눌지왕 때 고구려에서
묵호자스님이 왔다
일선군 산골 모례가 몰래
그를 맞이해서 굴을 파고 모셨다
묵호자가 입적한 뒤
아도스님이 왔다
모례의 집으로 왔다
묵호자스님과 똑같았다 아니아니 둘은 하나였다

이 무렵의 불법은 아주 쉬워서 좋았다

향을 사르면 향내가 난다

그렇게 쉬워서 좋았다
나무꾼에게
농사꾼에게

배추 방동규

방동규가 나타났다! 가 아니라
배추
방배추가 나타났다! 라고
사람들은 말했다
청진동에서
무교동에서

되지못한 세상에서는
꼭 이런 엉뚱하기는
천장에 매달린
대들보 같은 사람이 있어야겠다

황소 불알 서너 개 덜렁덜렁 달려
석양머리 넘어오는 사람이 있어야겠다

총각 서너놈 단번에 때려눕힐
힘깨나 쓰건만 힘자랑보다
입심자랑
그 입심에 술자리 눈과 귀 집중하다가
술자리 입들 짝 벌어져
와
와 웃음 터진다

프랑스 빠리 식당 접시닦이였다가

영일만 노동자였다가
포천 농사꾼이었다가
이란 사막에도 갔다가
어디 갔다가
국외 도처 국내 각처
그 풍문 자욱하거니와

박태순

북경원인의 뼈
그 뼈로 만든 안경테였다
뿔테안경 밑으로
껑충한 키에 질투 없는 지식인이었다
고등학교 시절
바흐로부터 바흐로 돌아가

바람 부는 날 외촌동
혹은 달동네에 올라갔다
바흐 없는

거기서부터 그의 소설은 시작했다
눌변의 유혹으로
아니
인문과학 뒤져내어
현실과 의식 땅거죽 충돌하며

술 깨어나면 난초잎새
그러다가 술 세 병 들어가면
넥끼!
넥끼!
짱그랑 술잔이 날아간다

그는 소설가이기 전에

시인이었고
시인이기 전에
관념과 돌격이 하나인
맹금류였다

성유보

속으로
속으로
치열하지만
겉으로는
미적지근한 물에 담근 두 발인 듯
가만히 굴절되어 있다

한번도 거짓말을 해보지 못했던가
한두 마디 말도
차라리 서툴고 아까워
다시 입안으로 들어가고 만다

꽃이 피건대
화사한 것만이 꽃이겠는가
이렇듯 적막한 것
열 번이나 꽃 아니겠는가

정녕 싸웠는데 싸운 자취 없다
전혀

정동익

작달막하다
만나면
수수하다
그러다가 어느 집회에 나서면
그 냇물 같은 언변
사람들을 질서정연케 한다
웅성거리는 것 싹 쓸어

아버지는 시대의 전위에 있었고
아들은 시대의 후위를 맡아
한결같다

5년 뒤에도
10년 뒤에도
그는 그대로이고
그의 고향산천
마멸된 글자 한자 한자 되살아나는
그대로이다

작은 얼굴 헛된 바 없이 충실하고 부실한 채

김병걸

호주머니 안에는 껌이 들어 있다
만나는 사람에게
껌을 준다
천관우에게도 준다
백기완에게도 준다
어찌 김병걸이 주는 껌을 받지 않을 수 있겠느냐
어찌 만고의 어린 선의를 저버리겠느냐
난감하게 받아라
이것들아

그 호의가 정치에 이어져
1979년 겨울
위장결혼사건에 갔다가 붙잡혀
보안사 지하실
한여름
개나 돼지로 소리지르며
고문에 넋 나가버렸다

리얼리즘의 오랜 이론가 역시
6·25사변 있어
의용군으로
평안도 산골에서 탈출
미군의 통역이 되었다

해방 직후
그는 영어교사
불어교사
그리고 독어교사도 지냈으니 러시아어도 말했으니

그러다가 해직교수가 되어
개나 돼지로 소리지르며
고문에 넋 나갔다

민주주의고 뭐고 지긋지긋하게시리

김태진

동아일보 해직기자
눈이 늘 사사롭지 않았다
맑고
따스하고
한번도 그 눈이 치떠진 적이 없다

삼각산 암자에 가면
산신각
칠성각
독성각 있었다
독성각 나반존자 눈이었다
먼 데 보는 눈

그래서 목소리도 잔잔한 물 위에 있다
미소와
조용히 말 몇마디
등 뒤에도
돌아서서 앞도 그렇다

차라리 달빛 푸르러
다음날 하늘이 달려와 푸르러

이재오

입안에 서걱이는 말이 가득했다
이빨 튼튼하다 쫘악 드러내어 하얗다
맷집 좋아
경찰 분실에 가서도
남산에 가서도
실컷 맞아 뻗었다

수술한 데 터져
재수술하고 일어섰다

사춘기 지난 이래
정치밖에 할 것이 없었다
그래서
민주수호국민협의회가 창립되면
민주수호청년협의회를 만들어
정수일
최동전 들과 일어섰다
입안에 불만의 거품 가득했다

그 자신에게도 가족에게도 교도관에게도 누구에게도
내가 국회에 나가는 날 있다고
희망이 신학이나 철학이 아니라
그렇게 통속이었다
좋아

이부영

이목구비가 모여든 얼굴
외치면 천둥이지만
웃으면 강물 위의 손짓이었다
내로라 내로라하고 나서지 않으나
어떤 사건 속에는
반드시 그가 들어 있다
과일 씨처럼

또 들어갔다
또 들어갔다
때로는 들어갈 일이 아닌데
다른 사람 대신으로 들어가기도 했다

그런 감옥 안에서도
그는 일을 만들어 밖으로 내보냈다
과일 씨처럼
보이지 않으면서
보이지 않으면서

휴전선 이남
이만한 투사와 신사 있으니 적이 복되도다

김근태

70년대에는 물 위에 떠오르지 않았다
인천 어딘가
후덥지근한 이 공장 저 공장에 스며들어가
자격증 네 개 다섯 개 땄다

서울대 상과대학 졸업장 따위 던져도 좋았다
공장에서
차츰 떳떳한 호모파베르

하얀 양초 같은 얼굴
하얀 염소 같은 얼굴
그러나 노란 눈동자 안에는
어떤 동요도 없이
몇십년을 한뜻으로 가는 의지
슬쩍 내비쳤다가 숨어버린다

평생 노동자와 일치하리라 결심한 이래
70년대에는
몇몇 친구들밖에는 몰랐다
무서운 청년시절을 다 바쳐 떠오르지 않았다
이름 떨치는 것
나서는 것
그것이야 뒤로 뒤로 미루어도 좋아라

죽기 직전까지
그 자신의 고문을 의식 속에 기록한
결사적인 또 하나의 그 자신이야 뒤로 미루어도 좋아라

이해찬

차령산맥 아랫자락
충남 청양 산골에서 태어나
느린 말
느린 행실일 터인데

아버지는 일본유학생이었으나
그냥 고향에 묻혀
마을길 쓸거나
이웃들
이웃마을들 돌보거나 하며

그 아버지의 말은 느렸다
그러나 아들 해찬이야
그럭저럭
말도 느리지 않고
행실도 느리지 않게 되어

이세호 중장이 재판장이던
민청학련사건 이래
내내
유신체제와 맞섰다

때로는 실실 실눈 떠 웃으며
모진 턱이 적막한 만큼

그 머리는 빠른 팽이라
쓰러지지 않는다
밤새 오고 가는 이론 뒤
그 이론은 한판의 잔치 지새워 아침이 된다

허생

이광수 소설 『허생전』이 있것다
조선조 효종 때
허생
남산 밑에서 살았것다
늘어지게 잠자다가
깨달은 것
매점매석이라
벌떡 일어나
그 매점매석이라는 것
잠도 잘 겨를 없이 한 나머지
허허 은전 백만의 벼락부자가 되었것다
여기서부터가 진짜 허생이라
서해 무인도 하나를 개척
호남 일대 떼도둑 백 명을 정착시켜
옛이야기 그대로 잘살았것다
또한 여기서부터가 진짜 허생이라
그렇게 잘살고도
무려 50만 남게 되니
그걸 백 명 대중이 보는 앞에서
바다에 다 던져버리고
누더기옷 입고 잘살았것다
이상

제정구

민청학련사건 이래
그는 지식인 쪽으로 향하지 않았다
빈민 쪽으로 향했다
그들 가운데서
그들과 함께 사는 동지를
아내로 맞아

70년대 재야 표면에는 얼굴이 없었다
달 진 어둠속
불 꺼진 빈민마을이
그의 주소였다

미덥기는 장모가 씩씩한 사위 바라보는 듯
결코 가볍지 않은 품위야
숨길수록
땅속에 파묻은 김칫독인 듯

모순 앞에 살아보아라
누구라도 이렇게
모순 속에 살아보아라
어렵나니
오직 민중 가운데 있는 일 단 사흘도 어렵나니

윤강옥

어제 벅찬 일을 한 뒤에도
광주 전남 일대
반독재선언 발표를 한 뒤에도
그저 마을 아이들처럼
얼굴 가득히
콧물이면
콧물 그대로 씩 웃음이었다

술 사달라 하면
술 사주고
함께 술 마시고 씩 쓴웃음이었다

뒷모습도
마을 아이들 놀다가
집으로 돌아가는 것처럼

하지만 누군가의 입에서
박정희만 나오면
정일권이만 나오면
닫힌 문 탁 쳐 열어
담배연기와
바깥 공기를 싹 갈아치운다

윤한봉

온몸이 닫힌 결벽으로 만들어졌다
온몸이 막힌 극단으로 만들어졌다
그래서 감방 안에서도
이불 단정히 갠 뒤
그 감방 바닥을
몇번이고 걸레질한다 살점 떨어져나간다

그의 입에서
아무런 설득력 없이 튀어나오는
적이라는 말의 순수

그는 동지조차도 못마땅해 못마땅해

장차 광주학살 복판에서
사라져
배 밑창에서
캄캄하게
캄캄하게
태평양을 건너가
망명 1호가 되어서도 못마땅해

나상기

날카롭다
쉽게 입 열리지 않는다
쉽게 귀 열리지 않는다
20년형 선고 따위에도
쓰다 달다
도무지 표정 없다

잘 깎아 만든 목각이기도 한가

기독학생회총연맹 회장
농민회 실무 맡아
70년대 후반 농민운동의 밑바닥 맡아

거리의 시위현장에 있기보다
농촌에 이론을 공급하고
농민 하나하나의 삶 감돌아
그가 태어난 고향을
커다란 문제로 내걸었다

농민보다 노동자가 뭉치는 시대 저쪽
농민이 뭉치기 시작하는 시대가 왔다

정상복

70년대 아파트란 15평이면 넉넉했다
정상복의 신접살이
거기에 기관원이 나타나면
집 안의 수도에 호스 이어다가
세찬 물줄기로
그 기관원 물벼락 씌워 보냈다

여기 왜 와
여기 왜 와
이 작자야 박정희한테나 가

안재웅에 이어
KSCF 살림 도맡아

투지 불탔다
투지 불탔다
온몸에서 쉿내 나며
거품 물어
커다란 눈 치떠

인명진

영등포 도시산업선교회
그 시절
정권이 퍼뜨렸지
도산(都産)이 가면 도산(倒産)한다고
그 영등포 도산에
메기입 험한 소리
마구 튀어나오는 인명진 있다
조지송은 조용한데
인명진은 문 탁 닫는다

세상에 할말이 많은
세칭 '공순이'들 모여들어
우우 모여들어
떠들어대면
이년들아! 하고
거침없이 꾸짖는다

하지만 그들과 인명진은 잘 붙은 아궁이불로 하나
까르르
까르르
꽃밭이 된다
그 지하실 17평 씨멘트 바닥 위에서

서경석

아내 신혜수는 남편이 목사이기를 원하지 않았다
어머니는 아들이 목사이기를 원했다
아직 그 자신도 목사 생각 전혀 없었다
다만 해군 제독의 아들이었다
공과대학을 나와

민청학련 20년형 선고받고
상고 포기하고 기결수 되어버렸다
그것이 시작이라면

1979년 YH사건에 뛰어들어
이윽고 유신정권 붕괴의 씨앗이 되었다

일 만들기로는 따를 자 없어
그가 가는 곳마다
일이 있고
그 일이 반드시
더 큰 일로 나아간다

굵은 나무 베어낸 뒤
그 나무 벤 자리 찐득찐득한 나뭇진 같은
비극적인 집념 있어
오랜만에 만나는 반가운 웃음에도
그 비극적인 집념 있어

이근성

아름다운 청년이었다
그가 있으면
그 일대에
아주 큰 그늘의 벽오동나무가 서 있다
서늘했다

서울대 동양사학과 학생
그가 체포되어
남산에서
의식을 놓아버렸다
무지막지하게 맞아

'1973년 12월 이북방송을 들었다
그 방송 듣고
그 방송대로 따랐다'
이 어이없는 조작진술을 위해서
무지막지하게 맞아

무기수 되었다가 나와
변함없이 아름다운 청년이었다
가는 데마다
탐이 나 딸 주겠다고 했다

과연 그가 있으면

오랜 비 개인 뒤
푸른 하늘이 새로 열려
푸른 물 뚝뚝 떨어질 것만 같아

YH 김경숙

1970년 전태일이 죽었다
1979년 YH 김경숙이
마포 신민당사 4층 농성장에서 떨어져 죽었다

70년대는 죽음으로 열고
죽음으로 닫혔다

김경숙의 무덤 뒤에 박정희의 무덤이 생겼다
두 군데 다 가봐라

박현채

백아산 빨치산 각진 얼굴의 소년병이었다
살아나다니
살아나다니

고전적 맑스주의자로 어느덧 웃자라나
실상 그의 난삽한 문체마저
그의 운명이었다

어디인지 너무 굳세어
때때로 구슬펐다
그러나 집에 돌아가
아내 곁에서
만지는 난초마다 되살아나
사흘 뒤 난초꽃 벙글어
그의 손끝마다
꽃 피어났다

사회구성체 논쟁 그 무성한 판 그 이전

송기원

옛날 난생설화 따위 이래

몇날 며칠이고
니나놋집이든
목롯집이든 처박혀 있을수록
금빛 난다

자유실천문인협의회 창립에는 학생 신분이었는데
한데
벌써 어느 인생 오륙십을 실컷 산 뒤였으니
어쩌랴

송기원의 아버지

그 사람 바람 같은 사람
여산 송씨 가문의 이단이었던가
가문의 족보에서
끝내 이름 석 자 빼어 내다버렸다
좋아라
정작 좋은 것은 그 사람이겠다

주체할 길 없이 난봉질이었다 술이었고 투전이었다
그런 난봉질의 하나로
아이 낳아놓고
어디론가 사라졌다
송기원이 태어났다

그 짙은 피 받아
어린 송기원의 혼신 한없이 떠돌아
가는 데마다
가는 데마다
썰물 개펄 수많은 게구멍들 노래했다

아버지! 아버지! 어디 계세요
썰물이 밀물로 바뀌는 밤

이시영

자유실천문인협의회 장부와 도장 가지고 다녔다
어디에 사무실 차릴 시대였더냐
젊은 그 사람이 회칙이었고
젊은 그 사람이 사무실이었다 전화교환이었다

난초 같은 머리 쓸어넘겨
거기 아름다운 눈 똑바로 빛난다

지리산의 전범(典範)으로 태어나
어떤 불의에도 물들 수 없게 무덤덤하다
시인이란
이만큼이면 된다
정작 시는 그 다음의 일

공(公)으로 사(私)를 깊숙이 묻어
그의 집에
청정한 어머니
견고한 아내가 있는지 없는지도 몰라

조태일

때로는 언덕 같아 언덕 위 너럭바위인가
때로는 음력 7월 수북한 두엄인가
무척이나 걸다
때로는 잠든 멧돼지인가
잠들어도 힘차다

자고 나 웃으면
그 웃음 겉으로는 어리석어라
그 웃음 속으로는 슬기로워라
뜨르르 셈도 틀리는 법 없다

술로 고주망태일 때 그때도 틀리는 법 없다
70년대 시집 『국토』의 시인 조태일

채현국

신경림과 함께 걸어가면
나란히 5척
누가 누구인지 몰라야 한다

그러나 한 사람은 그림이고
한 사람은 앞뒤 없이 외침이다

외치는 채현국 없이야
『창작과비평』 태어난 첫 울음소리도 없다

강원도 탄광 한바퀴 돌고 와
가난한 친구를 부산나케 불러냈다
술이 미신이었고
술이 종교였다
아니 혼자 떠드는 술이 권력이었다

황석영

어럴럴 상사디야 상사디
잔치 없으면 오늘이 없다
잔치 없으면 어제도 없다
목메는 내일도 없다
잔치 황석영

그는 칭기즈 칸 가라말
붙잡기 직전 아슬아슬 놓쳐버렸다
그는 가물치
붙잡았다가
그 우렁찬 몸통에 얻어맞아
영영
놓쳐버렸다
저만큼 유유히 간다

그를 붙잡아라
그가 없으면 한반도에도 어디에도 잔치가 없다
밤새도록 꽹과리 징 장구 소리
날라리 날라리
그가 없으면 잔치가 없다
붙잡아라

고대의 한 어린이

고대 불교 이래
사람들은 세계를 알기 시작했다
당나라 태종 무렵
신라 아리나발마는
오천축국으로 갔다
혜업 현태 구본
현각 혜륜 현유 들도 갔다
그래서 그곳 사람들은
해동을 구구타예설라라 불렀다
백제 혜현이나
고구려 파약 역시
백제에 있으나
고구려에 있으나 매한가지
중국 천태산이 이웃이었다

그래서 혜현을 따라갔던 한 어린이는
그 이웃으로 부족하여
스승까지도 버리고
혼자 페르시아에 가
거기서 지중해를 건너 로마에 이르렀다
로마 무역선주 레치의 종이었다가
그 선주의 딸이 반해서
한 고대 시민으로 껑충 뛰어올랐다
그는 믿었다 전생의 땅에 돌아왔노라고

양성우

제2공화국 대학생들이 부르짖었다
오라 판문점으로
가자 판문점으로

그러자 광주의 고등학생 한놈도
수업 작파하고
판문점으로 달려갔다
가다가 막혀버렸다

그가 고등학교 1학년 양성우
그러더니 끝내
'겨울공화국'의 시인이 되어
온몸에 열꽃이 피어 견딜 수 없었다
70년대 술집과 감방에서 벌떡 일어서서 외쳐야 했다

오원춘

1979년 여름
천주교 안동교구
가톨릭농민회 오원춘
그는 울릉도까지 연행되어
행방불명
울릉도에서 건너와
행방불명

농민의 이익을 지키다가 박해받은 사람
본디 순하디순하고
배운 것 따로 없었으나
박해받는 동안
세상을 배우고 깨친 사람
그 때문에 농민이 살아 있음을 증거하여
이번에는
세상을 우레쳐 깨우쳐주었다
그의 어깻죽지 사마귀 행방불명

임헌영

대학시절부터
겉으로는 연애도 하고
학우들과 당구도 치면서
술 한잔 없이
밤마다
제정러시아 스뗀까 라진
혹은 데까브리스뜨
아니면
11월혁명 들을 익혀갔다

70년대 자유주의 저항 등져
가혹한 남민전 참여
그는 지상과 지하에 동시에 있었다
그러다가
광주교도소에서 대구교도소로 옮겨갔다

그는 그의 아내 없이는 돌아올 수 없는 정체불명이었다
돌아와
한 감정 억제된 신인류적 인간이었다

박용수

귀가 들리지 않아도
친구들의 입만 보아도
상대방의 코만 보아도
다 알아듣는다
무슨 말

귀가 들리지 않아도
밤새 귀뚜라미소리
그것을 시로 쓸까 하다가
그만둔다

말이 제대로 되지 않아도
친구들은
다 알아듣는다
그의 눈만 보아도
그의 이마만 보아도

그가 찍은 사진들은 예술이기 전에 역사이다
그가 쓴 시는 예술이기 전에 인간
반드시 있어야 할 울음의 인간이다

구중서

어디 사람인가
기우뚱
기우뚱
남대문 황소 등허리이지

어디 사람의 말인가
뜸들여
뜸들여
백년 가마솥 밑바닥 누룽지이지

어디 사람의 마음인가
첩첩산중 눈사태도 통 모르는
기나긴 동면의 웅녀이시지

뚜벅뚜벅 걸어가다니 그것 잘못이지

설훈

1977년 3사 상 서쪽 감방
거기 아리따운 화랑 설훈이 갇혀 있었지
목숨 건다는 말이
참말이었지

하다못해 운동시간에 잠깐 스치며
고생하십니다
이런 개코같은 인사말 하나도
참말이었지

아리따운 청소년으로부터
참다운 인간으로 나아가는 참말이었지

한 척의 배였지
돛 가득히
바람 안은 배로 바다 위 내달렸지

박계동

경남 거창과 합천 사이
유난스러이 새 많이 날아드는
그 심상치 않은 산기운을 아는가
그 산기운으로 태어나
젊은 시절을
자주 수배자로 몰려 두더지로 숨어다니거나
붙잡혀 녹슬지 않고 갇혀 있다가
어느새 나와 껄껄 웃다가

무슨 일 없어도
무슨 일 있다
무슨 일 있으리라
그렇게 풍부한 갈망이었다

조성우

종로 5가에서 종로 1가까지 걸어왔다
그가 감옥에서 나온 뒤
나와 함께 걸어오며
제 걱정 따위 하나도 없이
내 걱정부터 했다

그의 체질은 더 나아가
내 것과
남의 것의 차이가 없어졌다
소유란 니힐

아니 그에게는 정치조차 니힐 아니었던가

현실로 가지 않고
환상 혹은 신념으로 가서
한동안이 지난 뒤에
비무장상태로 돌아온다

그의 얼굴이 경찰의 망원렌즈에 잡힌 채

서자의 나라 고조선

아득한 옛날
하늘의 상제 환인께서는
여러 아내 있어
여러 아들 있었다
그 가운데서 어머니를 여읜 뒤
언제나 외따로 하늘보다
저 아래 지상을 내려보는
서자 환웅이 있었다

아바마마 환인께서
아무도 몰래 말하셨다
내려가고 싶거든
가거라

환웅은 아바마마로부터
천부인 세 개 받아
지상으로 내려왔다

그가 내려와서 곰을 섬기는 족속의 딸을 맞아
아들 왕검을 낳았으니
이로부터 고조선 단군시대가 된다

고조선은
나무에 잎새 많고

환웅
왕검 이래
뭇 백성들도 수염이 많았다

거기에 하늘 기우뚱
구름이 내려와
나뭇잎에 감기고
수염에도 감겨
지상이라도
마치 하늘의
고국과
그다지 다를 바 없었다

그러나 환웅 왕검의 한핏줄이 오직 배달겨레이다 아니다

최열

이렇게 간절한 사람 있던가
이렇게 간절해서
끝내 한 집안을
한 마을을 고을을 불러일으킨 사람 있던가
강원도 북한강 흐르고 흘러
온갖 산나물 가운데 약초 독초 가운데
이렇게 간절한 사람 태어나
끝내 한 시대를
감자 캐듯
옥수수 따 줄줄이 매달듯 이루는 사람 있던가

악도 없이 어찌 선이겠는가
진정코 외로운 선으로 우는 새
그대가 최열이라는 사람

그대는 그대의 하염없이 부지런한 노란 눈이 일체 아닌가

김승균

민주
민주화
민주주의라는 가치가
그렇게도 거룩한 것일 때

그 저쪽에 『사상계』 말기 김승균이 있다
그리하여 그는
딸 이름도 민주였다

그 딸 잃어
잃어버린 민주주의였다

지어미와
지아비가 민주화 대열의 동지이므로
지아비에게
지어미가 아니었다

지어미에게
지아비가 아니었다
김승균

김정남

해위 윤보선의 뒤에 있었다
김영삼의 뒤에 있었다
이돈명 홍성우의 뒤에 있었다
아니 함세웅의 뒤에 있었다

창작과비평사에도
청진동
자유실천문인협의회의 술집에도
방금 나타났다가
방금 자취 없다

모두 다 앞으로 앞으로 나아가는데
그는 뒤로 뒤로 가 찾을 수 없다
그럼에도 그가 있어야 할 때
그가 있어야 할 곳

꼭 그가 있다
아무런 메아리도 없이

꼴레뜨 노정혜

프랑스 리옹에서 태어난
꼴레뜨 자매
세속 수녀 되어
동생은 베트남이었다가 일본에 있고
언니는 서울 몇십년
척 한국말
척 한국음식 창자에까지 익어
치즈 없이
여기가 내 나라이다

얼마나 거룩한가 놀라운가
이 치열한 일치에의 도달이야말로

한국 이름 노정혜
민청학련사건 이래
아니 그 이전부터
한국 인권운동에 숨은 공
성명서 몰래 빼돌리고
성금 모으고
숨겨주고
나도 숨겨주기로 약속했다
마음이야 벌판
이제는 신림동 빈민굴에 둥지 틀고
그 가난 속에서

라면 한 그릇도 잔치로 여기며 산다

이런 언니 하나로 종교가 있어야 할 이유가 된다

오숙영

까르르까르르 오숙영 수녀

김상진 추모식 그날
이중 삼중 울 쳐
그 행사를 막았을 때
나는 명동성당 안
샤르뜨르 성바오로 수도회
그 수녀원 오숙영 수녀한테 연결되었다

충무로 쪽 어느 집 쪽문으로 스며들어
거기서 만나
철망 울타리 함께 넘어
치맛자락 뜯기며
함께 넘어

거기서 나는 가톨릭문화관 갈 수 있었다
오직 함세웅과 몇사람뿐
그래서 우리만이라도 약식 추모식
즉각 성명서 써서 발표하고
시 읽고 일어났다
자작 석사학위 수녀
고향에 두고 온 누나인 양 누이인 양
까르르까르르
살구꽃 웃음 화사한

수많은 사람 기도해준 수녀

그녀 있어
죽어가는 내 아우도
종부성사 마쳤다

김광일

1970년대 중반 이래
부산에 가면
거기 김광일 변호사 있다
노무현 변호사 있다

널찍널찍한 마당 같은 얼굴에
아귀찜 같은 웃음
하지만 때로는 요령소리 내어
새벽잠 깨기도 한다

무릇 과격한 사람까지도
비겁한 사람까지도
받아들일 때는 영락없이 통 큰 무당이라

부산 용두산공원에서
저 건너 영도가
다 그의 땅인가
그의 술자리 영도만한 밤 열한시 무렵

김한림 여사

막 금이빨 박은 새로운 목소리인가
울다가 만 듯한 묵은 목소리인가
처녀시절 그대로

어제는 공덕귀 여사와
오늘은 박용길 여사와 사뿐사뿐 나서서

유신시대 금요기도회라면
마땅히 사뿐사뿐 나서서

그녀는 항상 주인공이기보다 부주인공이었다
어쩌면 선한 사마리아인인가
고대가 중세 이웃인가

최순영

YH노조위원장 처녀
동해안에서 태어나
긴 완행열차 타고 청량리역에 내려서
어찌어찌해서
YH가발공장에 들어갔다
거기서 눈 번쩍 떴다
미친 현실과
먼 이상을

거기서 신학청년
기독교 민중운동의 사내
황주석과 눈맞은 동지로 부부가 되어
이미 처녀가 아니었다
아기 엄마인데도 앞장서 YH노조 이끌었다

순하기는 식은 숭늉 같고
맹렬하기는 대장간에서 당장 꺼낸 뜨거운 호미나 괭이였다

박태연

YH노조 사무국장 박태연
송충이 눈썹 시꺼멓고
우물 속 눈빛 깊다
싸우는 동안
갇힌 동안 몸으로 익혀
노조운동이론
조직이론 섬뜩하다

권순갑이 가슴이라면
박태연은 단전이었다
YH노조 간부
이놈들 와! 섬뜩하다

화양동

명나라 천자를 모신 만동묘가 있음이여
사대가 깊어도
이토록 깊을 줄이야
여기에 참배하러 온 선비들
여기 화양계곡 물이 그치지 않듯이
그치지 않았음이여

여기 오는 참배객만 보아도
그가 남인인지 북인인지 당장 알 수 있음이여
화양 동구에서부터
그 경개에 탄복하는 선비는 남인
그 경개에도 그냥 지나가는 선비는 북인
올라서
만동묘 처마만 우러러보아도
고개 깊숙이 숙이는 선비는 노론
고개 든 선비는 소론이라 함이여
이런 일이 조선 말기는 물론이거니와
그뒤 상해 임시정부에까지 이어져
유구한 붕당의 세월이니

자 우리도 한번 화양동에 가
우암 송시열께 농반진반 여쭈어보고자 함이여

맥주홀 월드컵

2천씨씨짜리 맥주잔
거기 흑맥주 가득 부어
꿀컥꿀컥
꿀컥
마시고
탁! 놓으면
안주접시 따위 뒤엎어진다
빈 잔으로도

맥주 날라주는
아가씨들 상큼

그 아가씨들
나자로마을 나환자 위해서
한푼 한푼 모아
10여만원을 전달했다
밤무대
과거를 묻지 마세요
무대 위의 나애심이야 노래 부르고 간 뒤
무대 아래
그 아가씨들
한푼 한푼 모아
사장 정상해
종업원

대표 채은이
한 달에 한 번
나자로마을에 간다
그 아가씨들

김우창

일찍이 폭포 속에
그 자신의 목소리를 파묻었던가
좀처럼
크게 들리지 않는 목소리였다

사색이란 쉬울 수 없어라

미국 동부에서 그가 왔다
미국 동부의 뉴레프트 두고
고국에 돌아오니
월남전 이후
가장 결핍된 인문을 지향했다

오뇌란 쉬울 수 없어라

그래서 그의 시론도 때로 건조하여 인문적이고
그의 개론도 마른빨래로 인문적인가
잘 아는 너와 나도 모르는 사이인가
낯선 백야인가
끝내 문학이기보다 철학인가

김세균

크리스찬아카데미의 청년이론
그를 감옥의 복도에서 스쳤다

살아 있었다
살아 있었다
이론이 살아 있었다

곧은 감각
곧은 지각
곧은 걸음걸이였다

크게 보아 학문도 성정(性情)의 일이라면
그에게 독일 헤겔좌파의 땅보다
권하고 싶은 곳은
장차 남몰래 지중해였다
브로델의 지중해세계였다

내 말이 영 글러먹었나? 마르크스의 밤아 한국의 새벽아

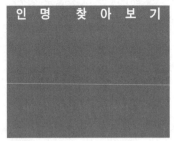

인 명 찾 아 보 기

* ○ 안 숫자는 권 표시

만인보 10·11·12

초판 1쇄 발행/1996년 11월 25일
개정판 1쇄 발행/2010년 4월 15일
개정판 3쇄 발행/2014년 12월 23일

지은이/고은
펴낸이/강일우
책임편집/박신규 박문수
펴낸곳/(주)창비
등록/1986년 8월 5일 제85호
주소/413-120 경기도 파주시 회동길 184
전화/031-955-3333
팩시밀리/영업 031-955-3399 · 편집 031-955-3400
홈페이지/www.changbi.com
전자우편/lit@changbi.com

ⓒ 고은 2010
ISBN 978-89-364-2846-4 03810
     978-89-364-2895-2 (전11권)